"엄마, 저 정거장 봐. 기차는 없네."
어머니는 아무 말씀도 없이 가만히 서 계십니다. 사르르 바람이 와서
어머니 모시 치맛자락을 산들산들 흔들어 주었습니다. 그렇게 산 위에
가만히 서 있는 어머니는 다른 때보다 더 한층 예쁘게 보였습니다.
〈사랑손님과 어머니〉

읽으면
읽을수록 논술이 만만해지는

한국단편 읽기 ②

엮은이 **김정연**

국어교육과를 졸업하고 중학생에게 국어를 가르치다가 책 만드는 일을 시작했습니다. 어른과 아이들을 위한 책을 편집하고 엮는 일을 하고 있습니다. 엮은 책으로는 《읽으면 읽을수록 논술이 만만해지는 우리고전 읽기 2》,《읽으면 읽을수록 논술이 만만해지는 한국단편 읽기 1》 등이 있습니다.

그린이 **김 홍**

서울에서 태어났으며 대학에서 서양화를 공부했습니다. 어린 시절에는 하얀 종이만 보면 그림을 그리고 싶어하는 꼬마 화가였습니다. 무엇보다도 어린이들의 꿈과 희망이 가득한 동화를 그리는 것을 좋아합니다. 대표작으로 《읽으면 읽을수록 논술이 만만해지는 우리 고전 읽기 1, 2》와 《읽으면 읽을수록 논술이 만만해지는 한국단편 읽기 1》,《난 꼭 해내고 말 거야》 등이 있습니다.

한국단편 읽기 ❷

2013년 1월 10일 1쇄 발행
2021년 3월 10일 3쇄 발행

엮은이 김정연 | **그린이** 김홍

기획 이성애 | **편집** 한명근 | **교정·교열** 권혜정
마케팅 한명규 | **디자인** 김성엽의 디자인모아

발행처 ㈜가람어린이

출판등록 2002년 9월 16일 제2002-000291호
주소 경기도 고양시 덕양구 삼원로 63, 1015호
전화 02-323-2160 | **팩스** 02-323-2170
전자우편 garambook@garambook.com
블로그 blog.naver.com/garamchildbook
인스타그램 instagram.com/garamchildbook
트위터 twitter.com/garamchildbook
유튜브 가람어린이tv
카카오톡 채널 가람어린이출판사

ISBN 978-89-93900-33-0 64810
ISBN 978-89-93900-34-7(세트)

읽으면 읽을수록 논술이 만만해지는

김정연 엮음 | 김 홍 그림

한국단편 읽기 ❷

가람어린이

머리말

낯선 친구를 사귀는 마음으로

　이번 〈한국단편 읽기〉 2권에서는 여덟 편의 단편 소설을 실었습니다.
일제 강점기에 쓰인 '사랑손님과 어머니'부터 1970년대 서울을 배경
으로 한 '노새 두 마리'와 '자전거 도둑'까지, 여러 시대에 걸친 우리의
대표적인 단편들을 만나 볼 수 있습니다.

　여러분은 우리나라의 단편 소설들을 좋아하나요?

　그 동안 어떤 소설들을 읽어 보았나요?

　앞으로 읽게 될 단편 소설들은 지금까지 여러분이 많이 접해 왔던 재
미있는 동화나 영화, 게임보다 처음에는 더 어렵고 낯설게 느껴질지도
모릅니다.

　그러나 사귀기 어려운 친구일수록 천천히 알아 가며 더욱 진실한 친
구가 될 수 있습니다. 이 책에 담긴 단편 소설을 그런 무뚝뚝한 친구라
고 생각하며 다가가 보세요.

소설을 읽는 것은 마치 새 친구를 사귀는 것과 같습니다. 새로운 친구를 만나면 처음에는 낯설지만 점점 친구의 좋은 점을 알게 되고 마음을 터놓고 이야기를 나눌 수 있게 되지요.

소설도 그렇게 조금씩 다가가며 낯선 세계를 받아들이는 일입니다.

그 속에서 새로운 깨달음과 감동을 얻을 수 있을 것입니다. 또 타인을 이해하는 폭도 넓어지고, 30년 전이나 70년 전에 살았던 사람들의 생활도 알 수 있게 됩니다.

소설 속에서 나와 비슷한 감정을 느끼는 주인공을 만나 기쁘기도 할 것입니다. 그것이 소설을 읽는 재미가 아닐까요?

'사랑손님과 어머니'의 옥희는 우리의 철없는 누이동생 같고, '소나기'의 소년은 좋아하는 여자아이에게 말도 못 거는 내 친구 같습니다. '자전거 도둑'의 수남이는 고민 많은 우리들을 닮았지요.

'기억 속의 들꽃'에서 우리를 기다리고 있는 명선이는 또 어떤 아이일까요?

등장인물들의 대화와 움직임에 동화되어 그들과 함께 많은 일들을 겪고 느껴 봅시다. 그러다 보면 우리가 몰랐던 다른 사람들의 삶을 경험해 볼 수 있습니다.

김정연

차례

이 책을 읽는 방법

지은이를 알아 보아요!

각 작품 앞에 작가를 자세하게 소개하였습니다. 훌륭한 작가들이며 앞으로 중·고등학교에서 문학 공부를 할 때 다시 접하게 될 테니 잘 읽어 보고 이름은 꼭 외워 두세요.

줄거리를 읽어 봐요!

소설의 내용을 요약한 부분입니다. 먼저 소설을 감상하고, 그 후 정리할 때 읽어 볼 것을 권합니다. 소설의 내용이 어렵고 잘 파악되지 않는다면 줄거리를 읽으면서 시간 순서로 일어난 사건들을 곰곰이 생각해 보세요.

한국단편을 읽기 전에

작품의 주제와 꼭 생각하면서 읽어야 할 것이 무엇인지 알려 줍니다. 중학교 예비 학습이라 생각하고 잘 읽어 보세요.

소설 원문

소설 작품이기 때문에 지금의 우리들이 잘 쓰지 않는 말이나 사투리도 많이 나옵니다. 낯설게 생각하지 말고 '작가는 무슨 이야기를 하려는 걸까?' 생각하며 읽습니다. 세부적인 것보다는 전체 내용을 파악하고 느끼는 것이 더 중요해요.

초등 필수 단어장 및 구절 풀이

이해하기 어려운 말을 알기 쉽게 풀어 주는 부분입니다. 처음 읽을 때는 그냥 넘어가고 다시 읽을 때 자세히 보도록 합시다.

논술 실력을 쑥쑥 올려 줘요!!

문제 풀이를 통해 작품을 보다 깊게 이해할 수 있도록 하였습니다. 또 생각을 넓히고 논술을 대비하는 데 도움을 주는 문제를 실었습니다. 긴 글로 완성해야 하는 문제는 따로 공책을 준비하여 성실하게 답해 봅시다. 몇 가지 문제를 가지고 부모님과 토론하는 시간을 가져 보면 사고력이 깊어지는 데 큰 도움이 될 것입니다.

사랑손님과 어머니

중학 국어 2-1 [비상]
중학 국어 2-2 [교학사, 신사고, 지학사, 대교]

지은이를
알아 보아요!

주요섭
1902~1972

주요섭 선생님은 1902년에 평양에서 태어났습니다. 숭실중학교 3학년 때 아버지를 따라 일본으로 건너간 후 일본, 중국, 미국에서 학업을 계속했습니다.

귀국 후에는 동아일보사에 입사하여 《신동아》 주간을 지냈습니다. 그 후 북경의 푸렌 대학 교수로 있었으나, 일본의 대륙 침략에 협조하지 않는다는 이유로 추방령을 받아 귀국하고 출판사와 잡지사에 근무하였습니다. 1953년부터는 경희대학교 교수로 재직하였습니다.

주요섭 선생님은 스무 살부터 꾸준히 소설을 발표했습니다. 초반의 작품인 〈추운 밤〉, 〈인력거군(人力車軍)〉과 같은 소설에서는 가난한 사람들의 생활을 그리는 데 주력했습니다. 1930년대부터는 〈사랑손님과 어머니〉와 같은 서정적인 작품을 발표하며 문단의 주목을 받았습니다.

광복 후에는 다시 사회 문제에 관심을 돌려 〈입을 열어 말하라〉, 〈대학교수와 모리배〉 등의 작품을 썼으며 〈Kim Yu Shin〉, 〈The Frost of the White Rock〉 등의 영문 소설도 발표하였습니다.

옥희는 홀어머니와 살고 있는 여섯 살 난 여자아이입니다. 옥 희의 아버지는 일찍 돌아가셔서 옥희는 아버지의 얼굴을 한 번도 본 적이 없습니다.

그러나 옥희는 다정한 어머니가 있어서 행복합니다.

어느 날 옥희네 집에 큰외삼촌의 친구가 찾아와 사랑방에서 묵게 됩니다. 옥희는 친절하게 대해 주는 그 아저씨가 좋기만 합니다.

어머니와 사랑방 아저씨는 서로 얼굴을 마주치지도 않고 대화를 나누지 도 않습니다. 그러나 시간이 흐르며 어머니와 아저씨에게는 옥희가 알 수 없는 감정이 싹트기 시작하지요.

'사랑손님과 어머니'는 어머니와 사랑손님의 애틋한 감정을 여섯 살 소녀의 눈으로 바라본 소설입니다. 어린아이의 눈을 통해 본 어른들의 사랑 이야기는 어떻게 그려질까요?

어린 옥희에게는 어머니도, 아저씨도 이해할 수 없는 행동만 할 뿐입니다. 하지만 그것을 전해 듣는 우리는 어머니와 아저씨의 감정이 어떻게 움직이고 있는지 뻔히 알 수 있습니다. 그리고 옥희의 철모르는 행동에 웃음이 나오고, 두 사람의 애틋한 감정이 더욱 안타깝게 느껴집니다.

소설을 읽고 난 후 우리는 옥희의 어머니가 왜 그런 결정을 내렸을까 의아해질 수도 있습니다. 여기서 잠깐 소설이 쓰인 시대 배경을 알아볼까요?

주요섭 선생님이 '사랑손님과 어머니'를 발표한 해는 1935년이었습니다. 1930년대라면 우리나라에 서구의 문물과 새로운 사고가 퍼져 나가고 있을 때이지요. 그러나 평범한 여인들은 여전히 한복을 입고, 전통적인 생활과 사고방식을 유지하고 있었습니다.

법적으로 여성의 재혼이 허용된 것은 1930년대보다 훨씬 전인 1894년 갑오개혁부터였지만, 윤리적으로는 여전히 받아들여지지 않고 있었습니다. 그런 사회의 분위기는 이 소설 속에도 그대로 드러나 있습니다.

이유가 다르더라도 이루어질 수 없는 사랑이란 어느 시대에나 존재하는 것이겠지요. 그렇기 때문에 어린 옥희의 입으로 전해지는 이 안타까운 사랑 이야기가 지금도 많은 이들의 사랑을 받고 있는 것인지도 모릅니다.

사랑손님과 어머니

나는 금년 여섯 살 난 처녀 애입니다. 내 이름은 박옥희이고요. 우리 집 식구라고는 세상에서 제일 예쁜 우리 어머니와 나, 이렇게 단 두 식구뿐이랍니다. 아차, 큰일 났군, 외삼촌을 빼놓을 뻔했으니.

지금 중학교에 다니는 외삼촌은 어디를 그렇게 싸돌아다니는지 집에는 끼니때 외에는 별로 붙어 있지를 않으니까 어떤 때는 한 주일씩 가도 외삼촌 코빼기도 못 보는 때가 많으니까요, 깜박 잊어버리기도 예사지요, 무얼.

우리 어머니는, 그야말로 세상에서 둘도 없이 곱게 생긴 우리 어머니는, 금년 나이 스물네 살인데 과부랍니다. 과부가 무엇인지 나는 잘 몰라도, 하여튼 동리 사람들이 나더러 '과부 딸'이라고들 부르니까, 우리 어머니가 과부인 줄을 알

지요. 남들은 다 아버지가 있는데, 나만은 아버지가

없지요. 아버지가 없다고 아마 '과부 딸'이라나 봐요.

금년(今年) 현재 맞고 있는 해
동리(洞里) 주로 시골에서, 여러 집이 모여 사는 곳
본집 따로 세간을 나기 이전의 집

외할머니 말씀을 들으면 우리 아버지는 내가 이

세상에 나오기 한 달 전에 돌아가셨대요. 우리 어머니하고 결혼한 지는

일 년 만이고요. 우리 아버지의 본집은 어디 멀리 있는데, 마침 이 동리

학교에 교사로 오게 되기 때문에 결혼 후에도 우리 어머니는 시집으로

가지 않고, 여기 이 집을 사고(바로 이 집은 우리 외할머니 댁 옆집이지

요.), 여기서 살다가 일 년이 못 되어 갑자기 돌아가셨대요. 내가 세상에

나오기도 전에 아버지는 돌아가셨다니까, 나는 아버지 얼굴도 못 뵈었

지요. 그러니 아무리 생각해 보아도 아버지 생각은 안 나요. 아버지 사

진이라는 사진은 나도 한두 번 보았지요. 참말로 훌륭한 얼굴이에

요. 아버지가 살아 계시다면, 참말로 이 세상에서 제일가는 잘난

아버지일 거예요. 그런 아버지를 보지도 못한 것은 참으로 분

한 일이에요. 그 사진도 본 지가 퍽 오래되었는데, 이

전에는 그 사진을 늘 어머니 책상 위에 놓아두시더

니, 외할머니가 오시면 오실 때마다 그 사

진을 치우라고 늘 말씀하셨는데, 지금은 그

사진이 어디 있는지 없어졌어요. 언젠

가 한번 어머니가 나 없는 동안에

몰래 장롱 속에서 무엇을 꺼내 보

시다가, 내가 들어오니까 얼른

장롱 속에 감추는 것을 보았는

데, 그게 아마 아버지 사진인 것 같았어요.

아버지가 돌아가시기 전에 우리가 먹고살 것을 남겨 놓고 가셨대요. 작년 여름에, 아니로군, 가을이 다 되어서군요. 하루는 어머니를 따라서 여기서 한 십 리나 가서 조그만 산이 있는 데를 가서, 거기서 밤도 따 먹고, 또 그 산 밑에 초가집에 가서 닭고깃국을 먹고 왔는데, 거기 있는 땅이 우리 땅이래요.

거기서 나는 추수로 밥이나 굶지 않게 된다고요. 그래도 반찬 사고 과자 사고 할 돈은 없대요. 그래서 어머니가 다른 사람의 바느질을 맡아서 해 주지요. 바느질을 해서 돈을 벌어서 그걸로 청어도 사고, 달걀도 사고, 내가 먹을 사탕도 사고 한다고요.

그리고 우리 집 정말 식구는 어머니와 나와 단 둘뿐인데, 아버님이 계시던 사랑방이 비어 있으니까, 그 방도 쓸 겸 또 어머니의 잔심부름도 좀 해 줄 겸 해서 우리 외삼촌이 사랑방에 와 있게 되었대요.

금년 봄에는 나를 유치원에 보내 준다고 해서, 나는 너무나 좋아서 동무 아이들한테 실컷 자랑을 하고 나서 집으로 돌아오노라니까, 사랑에서 큰외삼촌이(우리 집 사랑에 와 있는 외삼촌의 형님 말이에요.) 웬 낯선 사람 하나와 앉아서 이야기를 하고 있었습니다. 큰외삼촌이 나를 보더니 "옥희야." 하고 부르겠지요.

"옥희야, 이리 온. 와서 이 아저씨께 인사드려라."

나는 어째 부끄러워서 비슬비슬하니까, 그 낯선 손님이

14

"아, 그 애기 참 곱다. 자네 조카딸인가?"

하고 큰외삼촌더러 묻겠지요. 그러니까 큰외삼촌은

"응, 내 누이의 딸…… 경선 군의 유복녀 외딸일세."

하고 대답합니다.

"옥희야, 이리 온, 응! 그 눈은 꼭 아버지를 닮았네그려."

하고 낯선 손님이 말합니다.

"자, 옥희야, 커단 처녀가 왜 저 모양이야. 어서 와서 이 아저씨께 인사드려라. 네 아버지의 옛날 친구신데, 오늘부터 이 사랑에 계실 텐데, 인사 여쭙고 친해 두어야지."

나는 낯선 손님이 사랑방에 계시게 된다는 말을 듣고 갑자기 즐거워졌습니다. 그래서 그 아저씨 앞에 가서 사붓이 절을 하고는 그만 안마당으로 뛰어 들어왔지요. 그 낯선 아저씨와 큰외삼촌은 소리를 내서 크게 웃더군요.

나는 안방으로 들어오는 나름으로 어머니를 붙들고,

"엄마, 사랑방에 큰외삼촌이 아저씨를 하나 데리고 왔는데에 그 아저씨가아 이제 사랑에 있는대."

하고 법석을 하니까,

"응, 그래."

하고 어머니는 벌써 안다는 듯이 대수롭잖게 대답을 하더군요.

그래서 나는

"언제부터 와 있나?"

꼭 드 필수 단어

사랑방(舍廊房)　한옥에서, 안채와 떨어져 바깥주인이 거처하며 남자 손님을 접대하는 방

비슬비슬하다　두렵거나 겁이 나 슬슬 피하다.

유복녀(遺腹女)　세상에 태어나기 전에 아버지를 잃은 딸

사붓이　소리가 거의 나지 않을 정도로 발을 가볍게 얼른 내디디는 소리 또는 모양

하고 물으니까,

"오늘부텀."

"애구, 좋아."

하고 내가 손뼉을 치니까, 어머니는 내 손을 꼭 붙잡으면서,

"왜, 이리 수선이야."

"그럼 작은외삼촌은 어디로 가나?"

"외삼촌도 사랑에 계시지."

"그럼 둘이 있나?"

"응."

"한 방에 둘이 있어?"

"왜, 장지문 닫구 외삼촌은 아랫방에 계시고 그 아저씨는 윗방에 계시고, 그러지."

나는 그 아저씨가 어떠한 사람인지는 몰랐으나 첫날부터 내게는 퍽 고맙게 굴고, 나도 그 아저씨가 꼭 마음에 들었어요.

어른들이 저희끼리 말하는 것을 들으니까, 그 아저씨는 돌아가신 우리 아버지와 어렸을 적 친구라고요. 어디 먼 데 가서 공부를 하다가 요새 돌아왔는데, 우리 동리 학교 교사로 오게 되었대요. 또, 우리 큰외삼촌과도 동무인데, 이 동리에는 하숙도 별로 깨끗한 곳이 없고 해서 윗사랑으로 와 계시게 되었다고요. 또, 우리도 그 아저씨한테서 밥값을 받으면 살림에 보탬도 좀 되고 한다고요.

그 아저씨는 그림책들을 얼마든지 가지고 있어요. 내가 사랑방으로

16

나가면, 그 아저씨는 나를 무릎에 앉히고 그림책들을 보여 줍니다. 또, 가끔 과자도 주고요.

어느 날은 점심을 먹고 이내 살그머니 사랑에 나가 보니까, 아저씨는 그 때에야 점심을 잡수셔요.

장지문 한옥에서 방과 방, 방과 마루 사이에 설치하는 미닫이문
하숙(下宿) 정해진 돈을 내고 일정 기간 동안 남의 집에서 먹고 자면서 지냄. 또는 그런 집.
이내 곧

그래 가만히 앉아서 점심 잡숫는 걸 구경하고 있노라니까, 아저씨가

"옥희는 어떤 반찬을 제일 좋아하노?"

하고 묻겠지요. 그래 삶은 달걀을 좋아한다고 했더니, 마침 상에 놓인 삶은 달걀을 한 알 집어 주면서 나더러 먹으라고 합니다.

나는 그 달걀을 벗겨 먹으면서,

"아저씨는 무슨 반찬이 제일 맛나요?"

하고 물으니까, 아저씨는 한참이나 빙그레 웃고 있더니,

"나도 삶은 달걀."

하겠지요. 나는 좋아서 손뼉을 짤깍짤깍 치고,

"아, 나와 같네. 그럼 가서 어머니한테 알려야지."

하면서 일어서니까, 아저씨가 꼭 붙들면서,

"그러지 마라."

그러시겠지요. 그래도 나는 한번 맘을 먹은 다음엔 꼭 그대로 하고야 마는 성미지요. 그래 안마당으로 뛰어 들어가면서,

"엄마, 엄마, 사랑 아저씨도 나처럼 삶은 달걀을 제일 좋아한대."

하고 소리를 질렀지요.

"떠들지 마라."

하고 어머니는 눈을 흘기십니다. 그러나 사랑 아저씨가 달걀을 좋아하는 것이 내게는 썩 좋게 되었어요. 그 다음부터는 어머니가 달걀을 많이씩 사게 되었으니까요. 달걀 장수 노파가 오면 한꺼번에 열 알도 사고 스무 알도 사고, 그래선 두고두고 삶아서 아저씨 상에도 놓고, 또 으레 나도 한 알씩 주고 그래요. 그뿐만 아니라, 아저씨한테 놀러 나가면 가끔 아저씨가 책상 서랍 속에서 달걀을 한두 알 꺼내서 먹으라고 주지요. 그래 그 담부터는 나는 아주 실컷 달걀을 많이 먹었어요.

나는 아저씨가 매우 좋았어요. 그렇지만 외삼촌은 가끔 툴툴하는 때가 있었어요. 아마 아저씨가 마음에 안 드나 봐요. 아니, 그것보다도 아저씨 잔심부름을 꼭 외삼촌이 하게 되니까, 그것이 싫어서 그러나 봐

요. 한번은 어머니와 외삼촌이 말다툼하는 것까지 내가 들었어요. 어머니가

"야, 또 어디 나가지 말구 사랑에 있다가, 선생님 들어오시거든 상내가야지."

하고 말씀하시니까, 외삼촌은 얼굴을 찡그리면서,

"제길, 남 어디 좀 볼일이 있는 날은 으레 끼니때에 안 들어오고 늦어지니……."

하고 툴툴하겠지요. 그러니까 어머니는

"그러니 어쩌겠니? 너밖에 사랑 출입할 사람이 어디 있니?"

"누님이 좀 들고 나가구려. 요새 세상에 내외합니까?"

어머니는 갑자기 얼굴이 발개지시고, 아무 대답도 없이 그냥 외삼촌을 향하여 눈을 흘기셨습니다. 그러니까 외삼촌은 흥흥 웃으면서 사랑으로 나갔지요.

☆ 내외(內外)한다는 것은 '남녀 사이에 서로 부끄러워하며 얼굴을 마주 대하지 않고 피한다'는 뜻이다.

나는 유치원에 가서 창가도 배우고, 춤도 배우고 하였습니다. 유치원 여자 선생님이 풍금을 아주 썩 잘 쳐요. 우리 유치원에 있는 풍금은 우리 예배당에 있는 풍금과는 아주 다른데, 퍽 조그마한 것이지마는 소리는 썩 좋아요. 그런데 우리 집 윗간에도 유치원 풍금과 똑같이 생긴 것이 놓여 있는 것이 갑자기 생각이 났어요. 그래 그 날, 나는 집으로 오는 길로 어머니를 끌고 윗간으로 가서,

"엄마, 이거 풍금 아니야?"

> 노파(老婆) 늙은 여자
> 으레 언제나 틀림없이
> 창가(唱歌) 갑오개혁 이후에 발생한 근대 음악 형식의 하나. 서양 악곡의 형식을 빌려 지은 간단한 노래이다.
> 풍금(風琴) 페달을 밟아서 바람을 넣어 소리를 내는 건반 악기
> 윗간 온돌방에서, 아궁이로부터 먼 부분

하고 물으니까, 어머니는 빙그레 웃으시면서,

"그렇단다. 그건 어찌 알았니?"

"우리 유치원에 있는 풍금이 이것과 똑같은데 무얼. 그럼, 엄마도 풍금 칠 줄 알아?"

하고 나는 다시 물었습니다. 그것은 내가 이 때껏 한 번도, 어머니가 이 풍금 앞에 앉은 것을 본 일이 없기 때문입니다.

어머니는 아무 대답도 아니하십니다.

"엄마, 이 풍금 좀 쳐 봐!"

하고 재촉하니까, 어머니 얼굴이 약간 흐려지면서,

"그 풍금은 네 아버지가 날 사다 주신 거란다. 네 아버지 돌아가신 후에는, 그 풍금은 이 때까지 뚜껑두 한 번 안 열어 보았다……."

이렇게 말씀하시는 어머니 얼굴을 보니까 금방 또 울음보가 터질 것만 같이 보여서, 나는 그만

"엄마, 나 사탕 주어."

하면서 아랫방으로 끌고 내려왔습니다.

☆ 어머니에게 풍금은 아버지를 떠올리게 하는 물건이라 그 동안 한 번도 연주하지 않았다.

아저씨가 사랑방에 와 계신 지 벌써 여러 밤을 잔 뒤입니다. 아마 한 달이나 되었지요. 나는 거의 매일 아저씨 방에 놀러 갔습니다. 어머니는 나더러 그렇게 가서 귀찮게 굴면 못쓴다고 가끔 꾸지람을 하시지만, 정말인즉 나는 조금도 아저씨에게 귀찮게 굴지는 않았습니다. 도리어 아저씨가 나에게 귀찮게 굴었지요.

"옥희 눈은 아버지를 닮았다. 고 고운 코는 아마 어머니를 닮았지,

고 입하고! 응, 그러냐, 안 그러냐? 어머니도 옥희처
럼 곱지, 응?……."

이렇게 여러 가지로 물을 적도 있었습니다. 그래서
나는

"아저씨, 입때 우리 엄마 못 봤어요?"

하고 물었더니, 아저씨는 잠잠합니다. 그래 나는

"우리 엄마 보러 들어갈까?"

하면서 아저씨 소매를 잡아당겼더니, 아저씨는 펄쩍 뛰면서,

"아니, 아니, 안 돼. 난 지금 분주해서."

하면서 나를 잡아끌었습니다. 그러나 정말로는 무슨 그리 분주하지도
않은 모양이었어요. 그러기에 나더러 가란 말도 않고, 그냥 나를 붙들
고 앉아서 머리도 쓰다듬어 주고 뺨에 입도 맞추고 하면서,

"요 저고리 누가 해 주지?…… 밤에 엄마하고 한 자리에서 자니?"

하는 등 쓸데없는 말을 자꾸만 물었지요!

그러나 웬일인지 나를 그렇게도 귀애해 주던 아저씨도, 아랫방에 외
삼촌이 들어오면 갑자기 태도가 달라지지요. 이것저것 묻지도 않고 나
를 꼭 껴안지도 않고, 점잖게 앉아서 그림책이나 보여 주고 그러지요.
아마 아저씨가 우리 외삼촌을 무서워하나 봐요.

하여튼, 어머니는 나더러 너무 아저씨를 귀찮게 한다고, 어떤 때는
저녁 먹고 나를 방 안에 가두어 두고 못 나가게
하는 때도 더러 있었습니다. 그러나 조금 있다가
어머니가 바느질에 정신이 팔리어서 골몰하고 있

옥희의 엉뚱한 반응
이 소설은 아저씨와 어머니의 감
정을 독자에게 직접 이야기해 주
지 않는다. 대신 주변 인물인 옥
희가 그들의 행동과 대화를 전해
준다. 우리는 여섯 살 옥희가 전
해 주는 이야기를 통해 그들의 마
음을 짐작할 수 있을 뿐이다. 옥
희의 눈으로 바라보고 이해한 것
만 말하기 때문에, 때로는 그 엉
뚱한 해석이 웃음을 주기도 한다.

여섯 살 아이이기 때문에 할 수 있는
엉뚱한 해석이다.

분주하다 몹시 바쁘게 뛰어다니다.
귀애하다 귀엽게 여겨 사랑하다.
골몰하다 어느 한 가지 일에 모든 관
심과 노력을 기울이다.

을 때, 몰래 가만히 일어나서 나오지요. 그런 때에는 어머니는, 내가 문여는 소리를 듣고서야 퍼뜩 정신을 차려서 쫓아와 나를 붙들지요. 그러나 그런 때는 어머니는 골은 아니 내시고,

"이리 온, 이리 와서 머리 빗고……."

하고 끌어다가 머리를 다시 곱게 땋아 주시면서,

"머리를 곱게 땋고 가야지. 그렇게 되는 대로 하고 가면 아저씨가 흉보시지 않니?"

하시지요. 또 어떤 때에는 머리를 다 땋아 주시고는,

"응, 저고리가 이게 무어니?"

하시면서, 새 저고리를 내어 주시는 때도 있었습니다.

어느 토요일 오후였습니다. 아저씨는 나더러 뒷동산에 올라가자고 하셨습니다. 나는 너무나 좋아서 가자고 그러니까, 아저씨가

"들어가서 어머니께 허락 맡고 온."

하십니다. 참 그렇습니다. 나는 뛰어 들어가서 어머니께 허락을 맡았습니다. 어머니는 내 얼굴을 다시 세수시켜 주고, 머리도 다시 땋고, 그리고 나서는 나를 아스러지도록 한 번 몹시 껴안았다가 놓아 주었습니다.

"너무 오래 있지 말고, 응?"

하고 어머니는 크게 소리치셨습니다. 아마 사랑 아저씨도 그 소리를 들었을 거예요.

뒷동산에 올라가서는 정거장을 한참 내려다보았으나, 기차는 안 지나갔습니다. 나는 풀잎을 쭉쭉 뽑아 보기도 하고, 땅에 누운 아저씨의

☆ 어머니는 너무 오래 있지 말라는 당부를 아저씨에게 직접 하는 대신 아저씨에게 들리도록 큰 소리로 말하고 있다. 아저씨와 얼굴을 맞대고 대화를 나누는 것을 피하기 위해서다.

22

다리를 꼬집어 보기도 하면서 놀았습니다. 한참 후에 아저씨하고 손목
을 잡고 내려오는데, 유치원 동무들을 만났습니다.
    "옥희가 아빠하고 어디 갔다 온다, 응."
하고 한 동무가 말하였습니다. 그 아이는 우리
아버지가 돌아가신 줄을 모르는 아이였습니다.
나는 얼굴이 빨개졌습니다.

그 때 나는 얼마나 이 아저씨가 정말 우리 아버지였더라면 하고 생각했는지 모릅니다. 나는 정말로 한 번만이라도,

"아빠!"

하고 불러 보고 싶었습니다. 그리고 그 날, 그렇게 아저씨하고 손목을 잡고 골목골목을 지나오는 것이 어찌도 재미가 좋았는지요.

나는 대문까지 와서,

"난 아저씨가 우리 아빠라면 좋겠다."

하고 불쑥 말해 버렸습니다. 그랬더니 아저씨는 얼굴이 홍당무처럼 빨개져서 나를 몹시 흔들면서,

"그런 소리 하면 못써."

하고 말하는데, 그 목소리가 몹시도 떨렸습니다. 나는 아저씨가 몹시 성이 난 것처럼 보여서, 아무 말도 못 하고 안으로 뛰어 들어갔습니다.

어머니가

옥희는 당황하여 얼굴이 빨개진 아저씨가 화가 난 것이라고 오해하고 있다.

"어디까지 갔던?"

하고 나와 안으며 묻는데, 나는 대답도 못 하고 그만 훌쩍훌쩍 울었습니다. 어머니는 놀라서,

"옥희야, 왜 그러니, 응?"

하고 자꾸만 물었으나, 나는 아무 대답도 못 하고 울기만 했습니다.

이튿날은 일요일인 고로 나는 어머니와 함께 예배당에를 가려고 차리고 나서 어머니가 옷을 갈아입는 동안 잠깐 사랑에 나가 보았습니다. '아저씨가 아직도 성이 났나?' 하고 가만히 방 안을 들여다보았더니 책상에

24

앉아서 무엇을 쓰고 있던 아저씨가 내다보면서 빙그레 웃었습니다. 그 웃음을 보고 나는 마음을 놓았습니다. 아저씨가 지금은 성이 풀린 것이 확실하니까요. 아저씨는 나를 이리 보고 저리 보고 훑어보더니,

"옥희 오늘 어디 가노? 저렇게 곱게 차리고."

하고 물었습니다.

"엄마하고 예배당에 가."

"예배당에?"

하고 나서, 아저씨는 잠시 나를 멍하니 바라다보더니,

"어느 예배당에?"

하고 물었습니다.

"요 앞에 예배당에 가지, 뭐."

"응? 요 앞이라니?"

이 때 안에서

"옥희야."

하고 부드럽게 부르는 어머니 목소리가 들리었습니다. 나는 얼른 안으로 뛰어 들어오면서 돌아다보니까, 아저씨는 또 얼굴이 빨갛게 성이 났겠지요. 내 원, 참으로 무슨 일로 요새는 아저씨가 그렇게 성을 잘 내는지 알 수 없었습니다.

예배당에 가서 찬미하고 기도하다가, 기도하는 중간에 갑자기 나는 '혹시 아저씨도 예배당에 오지 않았나?' 하는 생각이 나서 눈을 뜨고 고개를 들어 남자석을 바라보았습니다. 그랬더니 하, 바로 거기에 아저씨가 와 앉아 있겠지요. 그런데 아저씨는 어른이면서도 눈 감고 기도하지

않고 우리 아이들처럼 눈을 번히 뜨고 여기저기 두리번두리번 바라봅니다. 나는 얼른 아저씨를 알아보았는데 아저씨는 나를 못 알아보았는지 내가 빙그레 웃어 보여도 웃지도 않고 멀거니 보고만 있겠지요. 그래 나는 손을 흔들었지요. 그러니까 아저씨는 얼른 고개를 숙이고 말더군요. 그 때에 어머니는 내가 팔 흔드는 것을 깨닫고 두 손으로 나를 붙들고 끌어당기더군요. 나는 어머니 귀에다 입을 대고, "저기 아저씨도 왔어." 하고 속삭이니까, 어머니는 흠칫하면서 내 입을 손으로 막고 막 끌어 잡아다가 앞에 앉히고 고개를 누르더군요. 보니까 어머니도 얼굴이 홍당무처럼 빨개졌더군요.

그 날 예배는 아주 젬병이었어요. 웬일인지 예배가 다 끝날 때까지 어머니는 성이 나서 강대만 향하여 앞으로 바라보고 앉았고, 이전 모양으로 가끔 나를 내려다보고 웃는 일이 없었어요. 그리고 아저씨를 보려고 남자석을 바라다보아도 아저씨도 한 번도 바라다보아 주지도 않고 성이 나서 앉아 있고, 어머니도 나를 보지도 않고 공연히 꽉꽉 잡아당기지요. 왜 모두들 그리 성이 났는지! 나는 그만 '으아.' 하고 울고 싶었어요. 그러나 바로 멀지 않은 곳에 우리 유치원 선생님이 앉아 있는 고로 울고 싶은 것을 아주 억지로 참았답니다.

내가 유치원에 입학한 후 처음 얼마 동안은 유치원에 갈 때나 올 때나 외삼촌이 바래다주었습니다. 그러나 여러 밤을 자고 난 뒤에는 나 혼자서도 넉넉히 다니게 되었어요. 그러나 언제나 내가 유치원에서 돌아오는 때면 어머니가 옆 대문(우리 집에는 대문이 사랑 대문과 옆 대문 둘이 있어서 어머니는 늘 이 옆 대문으로만 출입하시는 것이었습니다.) 밖에 기다리고 섰다가 내가 달음질쳐 가면, 안고 집 안으로 들어가곤 하는 것이었습니다.

그런데 하루는 어쩐 일인지 어머니가 대문간에 보이지를 않겠지요. 어떻게도 화가 나던지요. 물론 머릿속으로는 '아마 외할머니 댁에 가셨나 보다.' 하고 생각했지마는, 하여튼 내가 돌아왔는데 문간에서 기다리지 않고 집을 떠났다는 것이 몹시 나쁘게 생각되더군요. 그래서 속으로 '오늘 엄마를 좀 골려야겠다.' 하고 생각하고 있는데 옆 대문 밖에서,

"아이고, 애가 벌써 왔나?"

하는 어머니 목소리가 들리더군요. 그 순간, 나는 얼른 신을 벗어 들고 안방으로 뛰어 들어가서 벽장문을 열고 그 속에 들어가서 숨어 버렸습니다.

"옥희야, 옥희 너, 여태 안 왔니?"

하는 어머니 목소리가 바로 뜰에서 나더니,

"여태 안 왔군."

하면서 밖으로 나가는 모양이었습니다. 나는 재미가 나서 혼자 흐흥흐흥 웃었습니다.

한참을 있더니 집에는 온통 야단이 났습니다. 어머니 목소리도 들리고 외할머니 목소리도 들리고 외삼촌 목소리도 들리고!

"글쎄 하루 종일 집이라곤 안 떠났다가 옥희 유치원 파하고 오면, 먹일 과자가 없기에 어머님 댁에 잠깐 갔다 왔는데, 그 동안에 이런 변이 생긴걸……."

번히 바라보는 눈매가 뚜렷하게
강대(講臺) 책 따위를 올려놓고 강의나 설교를 할 수 있도록 만든 도구
파하다 여러 사람이 함께 하던 일이나 모임이 끝나다.

하는 것은 어머니 목소리.

"글쎄, 유치원에서 벌써 이십 분 전에 떠났다는데 원, 중간에서…….."
하는 것은 외할머니 목소리.

"하여튼 내 나가서 돌아다녀 볼 테요. 원, 고것이 어딜 갔담?"
하는 것은 외삼촌의 목소리.

이윽고 어머니의 울음소리가 가늘게 들렸습니다. 외할머니는 무어라
고 중얼중얼 이야기하는 모양이었습니다. '이젠 그만하고 나갈까?' 하
고도 생각했으나, '지난 주일날 예배당에서 성냈던 앙갚음을 해야지.'
하는 생각이 나서 나는 그냥 벽장 안에 누워 있었습니다. 벽장 안은 답
답하고 더웠습니다. 그래서 이윽고 부지중에 나는 슬며시 잠이 들고 말
았습니다.

얼마 동안이나 잤는지요? 이윽고 잠을 깨어 보니 아까 내가 벽장 안
으로 들어왔던 것은 잊어버리고 참 이상스러운 데에 내가 누워 있거든
요. 어두컴컴하고 좁고 덥고……. 나는 갑자기 무서운 생각이 나서 엉
엉 울기 시작했지요. 그러자 갑자기 어디 가까운 데서 어머니의 외마디
소리가 나더니 벽장문이 벌컥 열리고 어머니가 달려들어서 나를 안아
내렸습니다.

"요 망할 것아."
하면서, 어머니는 내 엉덩이를 댓 번 때렸습니다. 나는 더욱더 소리를
내서 울었습니다. 그 때에는 어머니는 나를 끌어안고 어머니도 따라 울
었습니다.

"옥희야, 옥희야, 응, 이젠 괜찮다. 엄마 여기 있지 않니, 응? 울지

마라, 옥희야. 엄마는 옥희 하나면 그뿐이다. 옥희 하나만 바라고 산다. 난 너 하나면 그뿐이야. 세상 다 일이 없다. 옥희만 바라고 산다. 옥희야, 울지 마라. 응, 울지 마라."

이렇게 어머니는 나더러 자꾸 울지 말라고 하면서도 어머니는 그치지 않고 그냥 자꾸자꾸 울었습니다. 외할머니는

"원, 고것이 도깨비가 들렸단 말인가. 벽장 속엔 왜 숨는담."
하고 앉아 있고, 외삼촌은

"얘, 재수 메유다."
하면서 밖으로 나갔습니다.

이튿날, 유치원을 파하고 집으로 오게 된 때, 나는 갑자기 어제 벽장 속에 숨었다가 어머니를 몹시 울게 했던 생각이 나서 집으로 돌아가기가 어쩐지 부끄러워졌습니다. '오늘은 어머니를 좀 기쁘게 해 드려야 텐데……. 무엇을 갖다 드리면 기뻐할까?' 하고 생각하였습니다. 그러자 문득 유치원 안에 선생님 책상 위에 놓여 있던 꽃병 생각이 났습니다. 그 꽃병에는, 나는 이름도 모르나 곱고 빨간 꽃이 꽂히어 있었습니다. 그 꽃은 개나리도 아니고 진달래도 아니었습니다. 그런 꽃은 나도 잘 알고, 또 그런 꽃은 벌써 피었다가 져 버린 후였습니다. 무슨 서양 꽃이려니 하고 나는 생각하였습니다. 나는 우리 어머니가 꽃을 사랑하는 줄을 잘 압니다. 그래서 그 꽃을 갖다가 드리면 어머니가 몹시 기뻐하려니 하고 생각하였습니다.

그래서 나는 도로 유치원 방 안으로 들어갔습니

부지중(不知中) 알지 못하는 동안

사랑손님과 어머니 **29**

다. 마침 방 안에는 아무도 없었습니다. 선생님도 잠깐 어디를 가셨는지 보이지 않았습니다. 그래 나는 그 꽃을 두어 개 얼른 빼 들고 달음질쳐 나왔지요. 집에 오니, 어머니는 문간에서 기다리고 있다가 나를 안고 들어왔습니다.

"그 꽃은 어디서 났니? 퍽 곱구나."
하고 어머니가 말씀하셨습니다. 그러나 나는 갑자기 말문이 막혔습니다. '이걸 엄마 드리려고 유치원서 가져왔어.' 하고 말하기가 어쩐 몹시 부끄러운 생각이 들었습니다. 그래 잠깐 망설이다가

"응, 이 꽃! 저, 사랑 아저씨가 엄마 갖다 주라고 줘."
하고 불쑥 말했습니다. 그런 거짓말이 어디서 그렇게 툭 튀어나왔는지 나도 모르지요.

꽃을 들고 냄새를 맡고 있던 어머니는 내 말이 끝나기가 무섭게 몹시 놀란 사람처럼 화닥닥하였습니다. 그러고는 금시에 어머니 얼굴이 그 꽃보다 더 빨갛게 되었습니다. 그 꽃을 든 어머니 손가락이 파르르 떠는 것을 나는 보았습니다. 어머니는 무슨 무서운 것을 생각하는 듯이 방 안을 휘 한 번 둘러보시더니,

"옥희야, 그런 걸 받아 오면 안 돼."
하고 말하는 목소리는 몹시 떨렸습니다. 나는 꽃을 그렇게도 좋아하는 어머니가 이 꽃을 받고 그처럼 성을 낼 줄은 참으로 뜻밖이었습니다. 어머니가 그렇게도 성을 내는 것을 보니까 그 꽃을 내가 가져왔다고 그러지 않고 아저씨가 주더라고 거짓말을 한 것이 참 잘되었다고 나는 속으로 생각했습니다. 어머니가 성을 내는 까닭을 나는 모르지만, 하여튼

성을 낼 바에는 내게 내는 것보다 아저씨에게 내는 것이 내게는 나았기 때문입니다. 한참 있더니 어머니는 나를 방 안으로 데리고 들어와서

"옥희야, 너 이 꽃 이야기 아무보구도 하지 말아라, 응?"

하고 타일러 주었습니다. 나는

"응."

하고 대답하면서 고개를 여러 번 까닥까닥했습니다. 어머니가 그 꽃을 곧 내버릴 줄로 나는 생각했습니다마는, 내버리지 않고 꽃병에 꽂아서 풍금 위에 놓아두었습니다. 아마 퍽 여러 밤 자도록 그 꽃은 거기 놓여 있어서 마지막에는 시들었습니다. 꽃이 다 시들자 어머니는 가위로 그 대는 잘라 내 버리고, 꽃만은 찬송가 갈피에 곱게 끼워 두었습니다.

알고 나면 더 재밌어요!

옥희가 가져온 꽃
옥희가 가져온 꽃은 어머니가 아저씨의 마음을 알게 되는 결정적인 계기가 된다. 그래서 어머니는 당황하며 꽃 이야기를 아무에게도 하지 말라고 신신당부하는 것이다. 하지만 실제로 그 꽃을 가져온 것은 옥희이다. 옥희는 서술자이며 동시에 주인공의 주변 인물로서, 이렇게 사건 전개에 큰 영향을 미치고 있다.

내가 어머니께 꽃을 갖다 주던 날 밤에, 나는 또 사랑에 놀러 나가서 아저씨 무릎에 앉아서 그림책을 보고 있었습니다. 갑자기 아저씨 몸이 흠칫하였습니다. 그러고는 귀를 기울입니다. 나도 귀를 기울였습니다.

풍금 소리!

그 풍금 소리는 분명 안방에서 흘러나오는 것이었습니다.

"엄마가 풍금을 타나 보다."

하고 나는 벌떡 일어나서 안으로 뛰어왔습니다. 안방에는 불을 켜지 않았습니다. 그러나 그 때는 음력으로 보름께나 되어서 달이 낮같이 밝은데 은빛 같은 흰 달빛이 방 안 절반 가득히 차 있었습니다. 나는 흰 옷을 입

초등필수 단어장

음력(陰曆) 달이 지구를 한 바퀴 도는 시간을 기초로 하여 만든 달력
보름 음력으로 그 달의 15일째 되는 날

은 어머니가 풍금 앞에 앉아서 고요히 풍금을 타는 것을 보았습니다.

나는 나이 여섯 살밖에 안 되었지마는 하여튼 어머니가 풍금을 타시는 것을 보는 것은 오늘이 처음이었습니다. 어머니는 우리 유치원 선생님보다도 풍금을 더 잘 타시는 것이었습니다. 나는 어머니 곁으로 갔습니다. 어머니는 내가 곁에 온 것도 깨닫지 못하는지 그냥 까딱 아니하고 풍금을 탔습니다. 조금 있더니 어머니는 풍금 곡조에 맞추어서 노래를 부르기 시작하였습니다. 어머니의 목소리가 그렇게도 아름다운 것도 나는 이 때껏 모르고 있었습니다. 어머니는 참으로 우리 유치원 선생님보다도 목소리가 훨씬 더 곱고, 또 노래도 훨씬 더 잘 부르시는 것이었습니다. 나는 가만히 서서 어머니 노래를 들었습니다. 그 노래는 마치 은실을 타고 별나라에서 내려오는 노래처럼 아름다웠습니다. 그러나 얼마 오래지 않아 목소리는 약간 떨리기 시작하였습니다. 가늘게 떨리는 노랫소리, 그에 따라 풍금의 가는 소리도 바르르 떠는 듯했습니다. 노랫소리는 차차 가늘어지더니 마지막에는 사르르 없어져 버렸습니다. 풍금 소리도 사르르 없어졌습니다. 어머니는 고요히 풍금에서 일어나시더니 옆에 서 있는 내 머리를 쓰다듬었습니다. 그 다음 순간, 어머니는 나를 안고 마루로 나오셨습니다. 어머니는 아무 말씀도 없이 그냥 꼬옥 껴안는 것이었습니다. 달빛을 함빡 받은 내 어머니가 몹시도 새하얗다고 생각되었습니다. 우리 어머니는 참으로 천사 같다고 생각하였습니다. 우리 어머니의 새하얀 두 뺨 위로 쉴 새 없이 두 줄기 눈물이 줄줄 흘러내리고 있는 것을 나는 보았습니다. 그것을 보니 나도 갑자기 울고 싶어졌습니다.

"어머니, 왜 울어?"
하고 나도 훌쩍거리면서 물었습니다.
　"옥희야."
　"응?"
　한참 동안 어머니는 아무 말씀도 없었습니다. 그러나 한참 후에
　"옥희야, 너 하나면 그뿐이다." ☆ 어머니가 반복해서 말하고 있는 이 말에서 어머니의
　　　　　　　　　　　　　　내적 갈등이 점점 커지고 있음을 알 수 있다.
　"엄마."
　어머니는 다시 대답이 없으셨습니다.

하루는 밤에 아저씨 방에서 놀다가 졸려서 안방으로 들어오려고 일어서니까 아저씨가 하얀 봉투를 서랍에서 꺼내어 내게 주었습니다.

　　"옥희, 이거 갖다가 엄마 드리고, 지나간 달 밥값이라고, 응."

　　나는 그 봉투를 갖다가 어머니에게 드렸습니다. 어머니는 그 봉투를 받아 들자 갑자기 얼굴이 파랗게 질렸습니다. 그 전날 달밤에 마루에 앉았을 때보다도 더 새하얗다고 생각되었습니다. 그 봉투를 들고 어쩔 줄을 모르는 듯이 어머니 얼굴에는 초조한 빛이 나타났습니다. 나는

　　"그거 지나간 달 밥값이래."

하고 말을 하니까, 어머니는 갑자기 잠자다 깨나는 사람처럼 "응?" 하고 놀라더니, 또 금시에 백지장같이 새하얗던 얼굴이 발갛게 물들었습니다. 봉투 속으로 들어갔던 어머니의 파들파들 떨리는 손가락이 지전을 몇 장 끌고 나왔습니다. 어머니는 입술에 약간 웃음을 띠면서 "후!" 하고 한숨을 내쉬었습니다. 그러나 그것도 잠깐, 다시 어머니는 무엇에 놀랐는지 흠칫하더니 금시에 얼굴이 다시 새하얘지고 입술이 바르르 떨렸습니다. 어머니의 손을 바라다보니 거기에는 지전 몇 장 외에 네모로 접은 하얀 종이가 한 장 잡혀 있는 것이었습니다.

　　어머니는 한참을 망설이는 모양이었습니다. 그러더니 무슨 결심을 한 듯이 입술을 악물고 그 종이를 차근차근 펴 들고 그 안에 쓰인 글을 읽었습니다. 나는 그 안에 무슨 글이 쓰여 있는지 알 도리가 없었으나, 어머니는 그 글을 읽으면서 금시에 얼굴이 파랬다 발갰다 하고, 그 종이를 든 두 손은 이제는 바들바들이 아니라 와들와들 떨리어서 그 종이가 부석부석 소리를 내게 되었습니다.

　　✦ 편지에 어떤 내용이 들어 있을지를 옥희는 알 수 없다고 했지만, 독자들은 충분히 짐작할 수 있을 것이다. 아저씨는 어머니에게 어떤 편지를 썼을까?

34

한참 후에 어머니는 그 종이를 아까 모양으로 네모지게 접어서 돈과 함께 봉투에 도로 넣어 반짇고리에 던졌습니다. 그러고는 정신 나간 사람처럼 멀거니 앉아서 전등만 쳐다보는데, 어머니 가슴이 불룩불룩합니다. 나는 어머니가 혹시 병이나 나지 않았나 하고 염려가 되어서 얼른 가서 무릎에 안기면서,

　"엄마, 잘까?"
하고 말했습니다.

　　엄마는 내 뺨에 입을 맞추어 주었습니다. 그런데 어머니의 입술이 어쩌면 그리도 뜨거운지요. 마치 불에 달군 돌이 볼에 와 닿는 것 같았습니다.

　　한참을 자고 나서 잠이 채 깨지는 않았으나 어렴풋한 정신으로 옆을 쓸어 보니 어머니가 없었습니다. 자다가 나는 가끔 그러는 버릇이 있어요. 어렴풋한 정신으로 옆을 쓸면 어머니의 보드라운 살이 만져지지요. 그러면 다시 나는 잠이 들어 버리곤 하는 것이었습니다.

　　어머니가 자리에 없다는 것을 알게 되자, 나는 갑자기 무서워졌습니다. 그래서 잠은 다 달아나고 눈을 번쩍 뜨고 고개를 돌려 살펴보았습니다. 방 안은 불은 안 켰지만 어슴푸레하게 밝습니다. 뜰로 하나 가득한 달빛이 방 안에까지 희미한 밝음을 던져 주는 것이었습니다. 윗목을 보니, 우리 아버지의 옷을 넣어 두고 가끔 어머니가 꺼내어 쓸어 보시는 그 장롱문이 열려 있고, 그 아래 방바닥엔 흰 옷이 한 무더기 널려 있습니다. 그리고 그

> 지전(紙錢) 종이에 인쇄를 하여 만든 화폐
> 반짇고리 바늘, 실, 골무, 헝겊 따위의 바느질 도구를 담는 그릇
> 어슴푸레하다 빛이 약하거나 멀어서 어둑하고 희미하다.
> 윗목 온돌방에서, 아궁이에서 멀고 굴뚝에 가까운 쪽의 방바닥

사랑손님과 어머니　35

옆에는 장롱에 반쯤 기대고 자리옷만 입은 어머니가 주춤하고 앉아서, 고개를 위로 쳐들고 눈은 감고 무엇이라고 입술로 소곤소곤 외고 있는 것이 보였습니다. 아마 기도를 하나 보다 하고 나는 생각했습니다. 나는 자리에서 일어나서 기어가서 어머니 무릎을 뼈개고 기어 들어갔습니다.

"엄마, 무얼 해?"

어머니는 소곤거리기를 그치고 눈을 떠서 나를 한참이나 물끄러미 들여다보십니다.

"옥희야."

"응?"

"가서 자자."

"엄마도 같이 자?"

"응, 그래. 엄마도 같이 자."

그 목소리가 어째 싸늘하다고 내게 생각되었습니다.

어머니는 돌아가신 아버지의 옷들을 한 가지씩 들고는 가만히 손바닥으로 쓸어 보고는 장롱 안에 넣었습니다. 하나씩 하나씩 쓸어 보고는 장롱에 넣곤 하여 그 옷을 다 넣은 때 장롱문을 닫고 쇠를 채우고, 그러고 나서 나를 안고 자리로 돌아왔습니다.

"엄마, 우리 기도하고 자?"

하고 나는 물었습니다. 어머니는 나를 밤마다 재워 줄 때마다 반드시 기도를 하는 것이었습니다. 내가 할 줄 아는 기도는 주기도문뿐이었습니다. 그 뜻은 하나도 모르지만, 어머니를 따라서 자꾸자꾸 해 보아서

36

지금에는 나도 주기도문을 잘 외웁니다. 그런데 웬일인지 어젯밤 잘 때에는 어머니가 기도할 것을 잊어버리고 그냥 잤던 것이 지금 생각이 났기 때문에 나는 그렇게 물었던 것입니다. 어젯밤 자리에 들 때, 내가

"기도할까?"

하고 말할까 싶었으나, 어머니가 너무 슬픈 빛을 띠고 있는 고로 그만 나도 가만히 아무 소리 없이 잠이 들고 말았던 것입니다.

"응, 기도하자."

하고 어머니가 고요히 대답했습니다.

"엄마가 기도해."

하고 나는 갑자기 어머니의 기도하는 보드라운 음성이 듣고 싶어져서 말했습니다.

"하늘에 계신 우리 아버지시여."

어머니는 고요히 기도를 시작하였습니다.

"이름을 거룩하게 하옵시며 나라에 임하옵시며 뜻이 하늘에서 이루어진 것처럼 땅에서도 이루어지이다. 오늘날 우리에게 일용할 양식을 주옵시고 우리가 우리에게 죄지은 자를 용서하여 준 것처럼 우리 죄를 사하여 주옵시고, 우리를 시험에 들지 말게 하옵시고…… 우리를 시험에 들지 말게 하옵시고…… 시험에 들지 말게…… 시험에 들지 말게……."

이렇게 어머니는 자꾸 되풀이하였습니다. 나도 지금은 막히지 않고 줄줄 외는 주기도문을 글쎄 어머니가 막히다니 참으로 우스운 일이었습니다.

"시험에 들지 말게…… 시험에 들지 말게……."

자리옷 잠잘 때 입는 옷
빼개다 크고 딴딴한 물건을 두 쪽으로 가르다.

알고 나면
더 재밌어요!

**마음속 갈등을
전달해 주는 방법**
이 소설은 등장인물의 마음속 갈
등을 직접 설명해 주지 않는다.
옥희의 눈으로 본 행동을 통해
간접적으로 전달된다. 따라서 사
건의 앞뒤 관계를 살피며 등장인
물이 어떤 심리적 갈등을 겪고
있는지 짐작해 보아야 한다. 어
머니는 아저씨의 편지를 받은 후
다시 한 번 아버지의 옷을 꺼내
본다. 그리고 기도하며 "시험에
들지 말게……"라는 구절을 반복
한다. 어머니는 아저씨의 마음을
쉽게 받아들일 수 없어 갈등하고
있다.

하고 자꾸만 되풀이하는 것을 나는 참다 못해서,

　"엄마, 내 마저 할게."

하고,

　"다만 악에서 구하옵소서. 대개 나라와 권세와 영
광이 아버지께 영원히 있사옵나이다."

하고 내가 끝을 마쳤습니다. 어머니는 한참이나 가만
있다가 오랜 후에야 겨우,

　"아멘."

하고 속삭이었습니다.

　요새 와서 어머니의 하는 일이란 참으로 알 수가 없는 노릇입니다.
어떤 때는 어머니도 퍽 유쾌하셨습니다. 밤에 때로는 풍금도 타고 또
때로는 찬송가도 부르고 그러실 때에는 나도 너무도 좋아서 가만히 어
머니 옆에 앉아서 듣습니다. 그러나 가끔가끔 그 독창은 소리 없는 울
음으로 끝을 맺는 때가 많은데, 그런 때면 나도 따라서 울었습니다. 그
러면 어머니는 나를 안고 내 얼굴에 돌아가면서 무수히 입을 맞추어 주
면서,

아저씨의 고백에 한편으로는 설레면서도, 한편으로는 자신의 처지
를 생각하여 절망하는 어머니의 마음 상태를 생각해 볼 수 있다.

　"엄마는 옥희 하나면 그뿐이야, 응. 그렇지……."

하시며 언제까지나 언제까지나 우시는 것이었습니다.

　어떤 일요일 날, 그렇지요, 그것은 유치원 방학하고 난 그 이튿날이
었어요. 그 날 어머니는 갑자기 머리가 아프시다고 예배당에를 그만두
었습니다. 사랑에서는 아저씨도 어디 나가고 외삼촌도 나가고 집에는

어머니와 나와 단둘이 있었는데, 머리가 아프다고 누워 계시던 어머니가 갑자기 나를 부르시더니,

"옥희야, 너 아빠가 보고 싶니?"

하고 물으십니다.

"응, 우리도 아빠 하나 있으면."

나는 혀를 까불고 어리광을 좀 부려 가면서 대답을 했습니다. 한참 동안을 어머니는 아무 말씀도 아니하시고 천장만 바라다보시더니,

"옥희야, 옥희 아버지는 옥희가 세상에 나오기도 전에 돌아가셨단다. 옥희도 아빠가 없는 건 아니지. 그저 일찍 돌아가셨지. 옥희가 이제 아버지를 새로 또 가지면 세상이 욕을 한단다. 옥희는 아직 철이 없어서 모르지만 세상이 욕을 한단다. 사람들이 욕을 해. '옥희 어머니는 화냥년이다.' 이러고 세상이 욕을 해. '옥희 아버지는 죽었는데 옥희는 아버지가 또 하나 생겼대. 참 망측도 하지.' 이러고 세상이 욕을 한단다. 그리되면 옥희는 언제나 손가락질 받고. 옥희는 커도 시집도 훌륭한 데 못 가고, 옥희가 공부를 해서 훌륭하게 돼도, '에, 그까짓 화냥년의 딸.'이라고 남들이 욕을 한단다."

이렇게 어머니는 혼잣말하시듯 드문드문 말씀하셨습니다. 그러고는 한참 있더니,

"옥희야."

하고 또 부르십니다.

"응?"

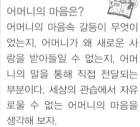

알고 나면 더 재밌어요!

어머니의 마음은?
어머니의 마음속 갈등이 무엇이 있었는지, 어머니가 왜 새로운 사랑을 받아들일 수 없는지, 어머니의 말을 통해 직접 전달되는 부분이다. 세상의 관습에서 자유로울 수 없는 어머니의 마음을 생각해 보자.

초등필수 단어장

독창(獨唱) 혼자서 노래를 부름. 또는 그 노래.

"옥희는 언제나 내 곁을 안 떠나지. 옥희는 언제나 언제나 엄마하구 같이 살지. 옥희는 엄마가 늙어서 꼬부랑 할미가 되어도 그래도 옥희는 엄마하고 같이 살지. 옥희가 유치원 졸업하고, 또 소학교 졸업하고, 또 중학교 졸업하고, 또 대학교 졸업하고, 옥희가 조선서 제일 훌륭한 사람이 돼도, 그래도 옥희는 엄마하고 같이 살지. 응! 옥희는 엄마를 얼만큼 사랑하나?"

"이만큼."

하고 나는 두 팔을 쫙 벌리어 보였습니다.

"응? 얼만큼? 응! 그만큼! 언제나 언제나, 옥희는 엄마만 사랑하지. 그리고 공부도 잘하고. 그리고 훌륭한 사람이 되고……."

나는 어머니의 목소리가 떨리는 것으로 보아 어머니가 또 울까 봐 겁이 나서,

"엄마, 이만큼, 이만큼."

하면서 두 팔을 쫙쫙 벌리었습니다.

옥희의 어린아이다운 행동과 어머니를 위로하는 모습은 이 소설에서 감초의 역할을 톡톡히 하며, 이야기를 더욱 순수하고 애잔하게 느껴지게 한다.

"응, 그래. 옥희 엄마는 옥희 하나면 그뿐이야. 세상 다른 건 다 소용없어. 우리 옥희 하나면 그만이야. 그렇지, 옥희야."

"응!"

어머니는 나를 당기어서 꼭 껴안고 가슴이 막혀 들어올 때까지 자꾸만 껴안아 주었습니다.

그 날 밤, 저녁밥 먹고 나니까 어머니는 나를 불러 앉히고 머리를 새로 빗겨 주었습니다. 댕기도 새 댕기를 드려 주고, 바지, 저고리, 치마, 모두 새것을 꺼내 입혀 주었습니다.

"엄마, 어디 가?"
하고 물으니까,
"아니."
하고 웃음을 띠면서 대답합니다. 그러더니 새로 다린 하얀 손수건을 내리어 내 손에 쥐여 주면서,
"이 손수건, 저 사랑 아저씨 손수건인데, 이것 아저씨 갖다 드리고 와, 응? 오래 있지 말고 손수건만 갖다 드리고 이내 와, 응?"
하고 말씀하셨습니다.
손수건을 들고 사랑으로 나가면서, 나는 접어진 손수건 속에 무슨 발각발각하는 종이가 들어 있는 것처럼 생각되었습니다마는, 그것을 펴 보지 않고 그냥 갖다가 아저씨에게 주었습니다.

발각발각하다 책장이나 종잇장 따위를 잇달아 넘기는 소리가 나다.

아저씨는 방에 누워 있다가 벌떡 일어나서 손수건을 받는데, 웬일인지 아저씨는 이전처럼 나보고 빙긋 웃지도 않고 얼굴이 몹시 파래졌습니다. 그러고는 입술을 질근질근 깨물면서 말 한마디 아니하고 그 수건을 받더군요.

나는 어째 이상한 기분이 들어서 아저씨 방에 들어가 앉지도 못하고 그냥 되돌아서 안방으로 도로 왔지요. 어머니는 풍금 앞에 앉아서 무엇을 그리 생각하는지 가만히 있더군요. 나는 풍금으로 가서 가만히 그 옆에 앉아 있었습니다. 이윽고 어머니는 조용조용히 풍금을 타십니다. 무슨 곡조인지는 몰라도 구슬픈 곡조예요.

밤이 늦도록 어머니는 풍금을 타셨습니다. 그 구슬픈 곡조를 계속하고 또 계속하면서.

여러 밤을 자고 난 어떤 날 오후에 나는 오래간만에 아저씨 방엘 나가 보았더니 아저씨가 짐을 싸느라고 분주하겠지요. 내가 아저씨에게 손수건을 갖다 드린 다음부터는, 웬일인지 아저씨가 나를 보아도 언제나 퍽 슬픈 사람, 무슨 근심이 있는 사람처럼 아무 말도 없이 나를 물끄러미 바라다만 보고 있는 고로, 나도 그리 자주 놀러 나오지 않았던 것입니다. 그랬었는데 이렇게 갑자기 짐을 꾸리는 것을 보고 나는 놀랐습니다.

"아저씨, 어디 가?"

"응, 멀리루 간다."

"언제?"

"오늘."

"기차 타고?"

"응, 기차 타고."

"갔다가 언제 또 와?"

아저씨는 아무 대답도 없이 서랍에서 예쁜 인형을 하나 꺼내서 내게 주었습니다.

"옥희, 이것 가져, 응. 옥희는 아저씨 가고 나면 아저씨 이내 잊어버리고 말겠지!"

나는 갑자기 슬퍼졌습니다. 그래서

"아니."

하고 얼른 대답하고 인형을 안고 안으로 들어왔습니다.

"엄마, 이것 봐. 아저씨가 이것 나 줬다. 아저씨가 오늘 기차 타고 먼 데로 간대."

하고 내가 말했으나 어머니는 대답이 없으십니다.

"엄마, 아저씨 왜 가?"

"학교 방학했으니깐 가지."

"어디루 가?"

"아저씨 집으로 가지, 어디로 가."

"갔다가 또 와?"

어머니는 대답이 없으십니다.

"난 아저씨 가는 거 나쁘다."

하고 입을 쫑긋했으나, 어머니는 그 말은 대답 않고

"옥희야, 벽장에 가서 달걀 몇 알 남았나 보아라."

하고 말씀하셨습니다.

알고 나면
더 재밌어요!

삶은 달걀
어머니는 아저씨가 삶은 달걀을 좋아한다는 말을 들은 뒤로 달걀을 더 많이 사고, 아저씨가 떠날 때도 정성껏 삶은 달걀을 준비한다. 달걀에는 아저씨를 생각하는 어머니의 마음이 담겨 있다.

나는 깡충깡충 방 안으로 들어갔습니다. 달걀은 여섯 알이 있었습니다.

"여스 알."

하고 나는 소리쳤습니다.

"응, 다 가지고 이리 나오너라."

어머니는 그 달걀 여섯 알을 다 삶았습니다. 그 삶은 달걀 여섯 알을 손수건에 싸 놓고 또 반지에 소금을 조금 싸서 한 귀퉁이에 넣었습니다.

"옥희야, 너 이것 갖다 아저씨 드리고, 가시다가 찻간에서 잡수시랜다고, 응."

    그 날 오후에 아저씨가 떠나간 다음, 나는 방에서 아저씨가 준 인형을 업고 자장자장 잠을 재우고 있었습니다. 어머니가 부엌에서 들어오시더니,

    "옥희야, 우리 뒷동산에 바람이나 쐬러 올라갈까?"
하십니다.

    "응, 가, 가."
하면서 나는 좋아 덤비었습니다.

    잠깐 다녀올 터이니 집을 보고 있으라고 외삼촌에게 이르고 어머니는 내 손목을 잡고 나섰습니다.

    "엄마, 나 저, 아저씨가 준 인형 가지고 가?"

    "그러렴."

    나는 인형을 안고 어머니 손목을 잡고 뒷동산으로 올라갔습니다. 뒷동산에 올라가면 정거장이 빤히 내려다보입니다.

    "엄마, 저 정거장 봐. 기차는 없네."

반지(半紙) 얇고 흰 일본 종이. 종이의 질은 질기고 거칠며 종류와 쓰임이 다양하다.
찻간(車間) 열차나 버스에서, 사람이 타는 칸

어머니는 아무 말씀도 없이 가만히 서 계십니다. 사르르 바람이 와서 어머니 모시 치맛자락을 산들산들 흔들어 주었습니다. 그렇게 산 위에 가만히 서 있는 어머니는 다른 때보다 더 한층 예쁘게 보였습니다.

저 편 산모퉁이에서 기차가 나타났습니다.

"아, 저기 기차 온다."

하고 나는 좋아서 소리쳤습니다.

기차는 정거장에서 잠시 머물더니 금시에 '삑' 하고 소리를 지르면서 움직였습니다.

"기차 떠난다."

하면서 나는 손뼉을 쳤습니다. 기차가 저 편 산모퉁이 뒤로 사라질 때까지, 그리고 그 굴뚝에서 나는 연기가 하늘 위로 모두 흩어져 없어질 때까지, 어머니는 가만히 서서 그것을 바라다보았습니다.

뒷동산에서 내려오자 어머니는 방으로 들어가시더니 이 때까지 늘 열어 두었던 풍금 뚜껑을 닫으십니다. 그러고는 거기 쇠를 채우고 그 위에다가 이전 모양으로 반짇고리를 얹어 놓으십니다. 그러고는 그 옆에 있는 찬송가를 맥없이 들고 뒤적뒤적하시더니 빼빼 마른 꽃송이를 그 갈피에서 집어내시더니,

지금 어머니가 다시 풍금을 닫는 것은
흔들렸던 마음을 정리하려 하는 행동이다.

"옥희야, 이것 내다 버려라."

하고 그 마른 꽃을 내게 주었습니다. 그 꽃은 내가 유치원에서 갖다가 어머니께 드렸던 그 꽃입니다. 그러자 옆 대문이 삐걱하더니,

"달걀 사소."

하고 매일 오는 달걀 장수 노파가 달걀 광주리를 이고 들어왔습니다.

46

"이젠 우리 달걀 안 사요. 달걀 먹는 이가 없어요."
하시는 어머니 목소리는 맥이 한 푼어치도 없었습니다.

나는 어머니의 이 말씀에 놀라서 떼를 좀 써 보려 했으나, 석양에 빤히 비치는 어머니 얼굴을 볼 때 그 용기가 없어지고 말았습니다. 그래서 아저씨가 주신 인형 귀에다가 내 입을 갖다 대고 가만히 속삭이었습니다.

"얘, 우리 엄마가 거짓부리 썩 잘하누나. 내가 달걀 좋아하는 줄 잘 알면서 먹을 사람이 없대누나. 떼를 좀 쓰구 싶다만 저 우리 엄마 얼굴 좀 봐라. 어쩌면 저리도 새파래졌을까? 아마 어데가 아픈가 보다."
라고요.

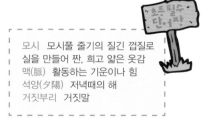

모시 모시풀 줄기의 질긴 껍질로
실을 만들어 짠, 희고 얇은 옷감
맥(脈) 활동하는 기운이나 힘
석양(夕陽) 저녁때의 해
거짓부리 거짓말

짧은 글 짓기를 해 보아요

1 으레
2 골몰하다
3 파하다
4 보름
5 어슴푸레하다

이해력을 길러요

1 이 소설에서 이야기를 전달하고 있는 인물은 누구인가요?

2 어린 소녀가 전달해 주는 이야기만으로 어머니와 아저씨의 감정의 흐름을 파악할 수
있었나요? 내가 파악한 내용을 정리해 봅시다.

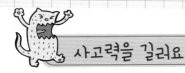

1 다음의 행동에서 짐작할 수 있는 등장인물의 마음속 생각을 적어 봅시다.

나는 대문까지 와서, "난 아저씨가 우리 아빠라면 좋겠다." 하고 불쑥 말해 버렸습니다. 그랬더니 아저씨는 얼굴이 홍당무처럼 빨개져서 나를 몹시 흔들면서, "그런 소리 하면 못써." 하고 말하는데, 그 목소리가 몹시도 떨렸습니다.	아저씨의 속마음
어떤 때는 어머니도 퍽 유쾌하셨습니다. 밤에 때로는 풍금도 타고 또 때로는 찬송가도 부르고 그러실 때에는 나도 너무도 좋아서 가만히 어머니 옆에 앉아서 듣습니다. 그러나 가끔가끔 그 독창은 소리 없는 울음으로 끝을 맺는 때가 많은데, 그런 때면 나도 따라서 울었습니다.	어머니의 속마음

2 다음의 소재들이 등장하는 부분을 찾아 보고, 이 이야기 안에서 어떤 의미가 있는 소재인지 적어 봅시다.

달걀	
꽃	
풍금	

논술 실력을 늘려줘요

논리력을 길러요

1 어머니가 아저씨를 떠나보낸 이유를 시대 배경과 관련하여 설명해 봅시다.

2 여러분이 이 소설의 작가라고 생각하고 다음 인터뷰 내용을 완성해 봅시다.

기자
얼마 전에 '사랑손님과 어머니'라는 단편을 발표하셨는데요, 선생님께서는 이 소설을 통해 어떤 이야기를 하고 싶으셨나요?

작가

기자
이 소설은 특히 옥희를 통해 이야기가 전달된다는 점이 큰 매력으로 느껴졌는데요, 서술자를 여섯 살 어린아이로 설정한 특별한 이유가 있다면 말씀해 주세요.

작가

미스터 방

중학 국어 2-2 [창비]
고등 문학 I [지학사]

지은이를 알아 보아요!

채만식
1902~1950

　채만식 선생님은 1902년에 전라북도 옥구에서 태어났습니다. 중앙고보를 졸업하고 일본으로 건너가 와세다 대학에서 영문학을 공부했으나 학업을 중단하고 귀국하였습니다. 1925년 단편 〈세 길로〉로 문학 활동을 시작하였으며 동아일보와 조선일보의 기자를 지냈습니다.

　처음에는 동반 작가의 경향을 보이다가 후에는 풍자 소설을 많이 썼습니다. 채만식 선생님은 사회를 직접 비판하기보다는 돌려서 꼬집는 방법을 많이 사용했는데, 이를 '풍자'라고 합니다.

　주요 작품으로는 자전적인 소설인 〈레디 메이드 인생〉, 토지 분배 문제를 풍자적으로 비판한 〈논 이야기〉, 한 여인의 일생을 통해서 현실을 보여 주는 〈탁류〉, 사회주의 지식인을 그린 〈치숙〉, 식민지 현실에서 살아가는 사람을 풍자적으로 보여 준 〈태평천하〉 등이 있습니다.

　　　백 주사는 길에서 우연히 방삼복을 만나 집으로 초대됩니다. 두 사람은 술잔을 기울이며 그 동안 살아온 이야기를 나누지요.

　　방삼복은 해방 후 미군 장교의 통역사가 되면서 큰 부자가 되었습니다. 반면 일제 강점기에 세도를 부렸던 백 주사는 해방 후 집과 재산을 모두 잃고 거리를 떠돌아 다니며 살고 있었습니다.

　　백 주사는 방삼복의 건방진 행동에 기분이 상하면서도 그의 권력으로 자기 재산을 되찾을 방법을 궁리합니다. 방삼복은 자기 힘으로는 못 할 일이 없다면서 재산을 다 찾아 주겠다고 큰소리를 떵떵 칩니다. 그러나 방삼복의 권력은 어이없는 사건으로 무너져 버리지요.

'미스터 방'은 1945년 해방 후를 배경으로 한 소설입니다. 당시의 권력에 빌붙어 호의호식하는 두 인물을 우스꽝스럽게 그려 내어 혼란스러운 사회를 비판하고 있습니다.

이러한 소설을 풍자 소설이라고 합니다. 이 소설을 지은 채만식 선생님은 이 외에도 '태평천하', '치숙' 등의 풍자 소설을 썼습니다.

해방 후 친일 세력은 몰락했지만, 또 다른 외세에 빌붙어 부를 쌓는 인물이 생겨나 그 뒤를 잇습니다. 이런 사회는 혼탁함 그 자체이지요. 작가는 그런 인물들의 기회주의적인 행동을 우스꽝스럽게 그리고 있으며, 미스터 방이 어처구니없이 몰락하는 것을 보여 주며 한껏 비웃고 있습니다.

미스터 방이라는 인물이 어떻게 기회를 잡아 세도를 부리게 되는지 이야기 속으로 들어가 봅시다. 그런 미스터 방을 작가는 어떤 시선으로 바라보고, 우리에게 어떤 감정을 느끼게 하고 싶어 하는지 생각해 봅시다.

미스터 방

주인과 나그네가 한가지로 술이 거나하니 취하였다. 주인은 미스터 방, 나그네는 주인의 고향 사람 백 주사.

주인 미스터 방은 술이 거나하여 감을 따라, 그러지 않아도 이 즈음 의기 자못 양양한 참인데 거기다 술까지 들어간 판이고 보니, 가뜩이나 기운이 불끈불끈 솟고 하늘이 바로 돈짝만 한 것 같은 모양이었다.

'꽤 의기양양해 있는 참인데'

"내 참, 뭐, 흰 말이 아니라 참, 거칠 것 없어, 거칠 것. 흥, 어느 눔이 아, 어느 눔이 날 뭐라구 허며, 날 괄시헐 눔이 어딨어, 지끔 이 천지에. 흥 참, 어림없지, 어림없어."

허풍 떠는 말

'의기양양하여 세상에 두려 울 것 하나 없는 것 같은'

누가 옆에서 저를 무어라고를 하며 괄시를 한단 말인지, 공연히 연방 그 툭 나온 눈방울을 부리부리, 왼편으로 삼십 도는 넉넉 삐뚤어진 코를 벌씸벌씸해가면서 그래 쌓는 것이었다.

"내 참, 이래 봬두, 응, 동양 삼국 물 다 먹어 본 방삼(方三)복이우.

方:방위 방 三:석 삼

우리나라, 중국, 일본 을 이룬다.

54

청얼 못허나, 일얼 못허나, 영어야 뭐 말할 것두 없
구……."

하다가, 생각난 듯이 맥주컵을 들어 벌컥벌컥 단숨
에 다 마신다. 그러고는 시꺼먼 손등으로 입술을 쓱,
손가락으로 김치쪽을 늘름 한 점, 그러던 버릇이, 미
스터 방이요, 신사요, 방 선생으로도 불리어지는 시
방도, 무심중 절로 나와, 손등으로 입술의 맥주 거품
을 쓱 씻고, 손가락으로 라조기 한 점을 집어다 우둑우둑 씹는다.

"술은 참, 맥주가 술입넨다……."

어느 놈이 만일 무어라고 시비를 하거나 괄시를 한다면 당장 그 라조
기를 씹듯이 우둑우둑 잡아 씹기라도 할 듯이 괄괄하던 결기가, 그러다
별안간 어디로 가고서 이번엔 맥주 추앙이 나오던 것이다.

거나하다 술을 꽤 마셔 어지간히
취해 있다.
연방(連方) 연속해서 자꾸
벌씸벌씸 코 따위의 탄력 있는 물
체가 자꾸 크게 벌어졌다 우므러졌
다 하는 모양
시방(時方) 지금
라조기 닭고기로 만든 중화요리의
하나
결기 성을 내거나 왈칵 행동하는
성미
추앙(推仰) 높이 받들어 우러러봄

☆ 조선

"술두 미국 사람네가 문명했죠. 죄선 사람은 안직두 멀었어."

"멀구말구. 아직두 멀었지."

☆ '쥐 얼굴 모양'

쥐 상호의 대추씨만 한 얼굴에 앙상한 노랑 수염 백 주사가, 병을 들어 주인의 빈 컵에다 따르면서 그렇게 맞장구를 쳐 보비위를 한다.

"아, 백상두 좀 드슈."

"난 과해."

☆ 백 주사를 이름

"괜히 그리셔. 백상 주량을 다아 아는데. 만난 진 오랐어두."

"다아 젊었을 적 말이지, 지금은……."

☆ '오래되었어도'

☆ '올해에'

"올에 참 몇이시지?"

"갑술생 마흔여덟 아닌가!"

"그럼 나버담 열한 살 위시군. 그래두 백상은 안 늙으신 심야. 허허허허."

☆ '안 늙으신 셈이야'

"안 늙는 게 다 무언가. 머리 신 걸 보게!"

☆ 늙기도 전에
머리가 셈

"건 조백이시지." ☆ '기분 좋게 말을 주고받으면서'   ☆ '마음속엔'

백 주사는 흔연히 수작을 하면서 내색은 아니하나, 어심엔 미스터 방이 괘씸하기 짝이 없었다. ☆ 한 마을에서 알고 지낸 십 년 윗사람이라면 당연히 절을 하고 뵈어야 한다는 뜻

향리의 예법으로, 십 년 장이면 절하고 뵈어야 한다. 무릎 꿇고 앉아야 하고, 말은 깍듯이 공대를 해야 한다. 그 앞에서 주초가 당치 않고, 막부득이한 경우면 모로 앉아 잔을 마셔야 한다. 그런 것을, 마치 제 연갑 친구나 타관 나그네게나 하는 것처럼, 백상이니, 술 드슈, 조백이시지 하고 말버릇이 고약해, 발 개키고 앉아서 정면하고 술을 먹어, 담배 뻐끔뻐끔 피워, 이런 괘씸할 도리가 없었다.

☆ 공대 : 존댓말
주초 : 술과 담배
막부득이한 : 어쩔 수 없는
모로 앉아 : 옆으로 몸을 돌려 앉아
연갑 : 비슷한 또래
타관 : 다른 고장

또 나이도 나이려니와, 문벌이나 지체를 가지고 논한다면, 이건 도저히 용서할 수 없는 일이었다.

이래 보여도 나는 3대조가 진사를 하였고(그 첩지가 시방도 버젓이 있다.) 5대조가 호조판서를 지냈고(족보에 그렇게 분명히 올라 있다.) 7대조가 영의정을 지냈고(역시 족보에 그렇게 분명히 올라 있다.) 이런 명문거족의 집안이었다. 또 내 십이촌이 ××군수요, 그 십이촌의 아들이 만주국 ××현 ××촌 촌장이요 하였다. 또 그리고, 시방은 원수의 독립인지 막덕인지 때문에 다 그렇게 되었다지만, 아무튼 두 달 전까지도 어느 놈 그 앞에서 기침 한번 크게 못 하던 백 부장 훈팔등(勳八等)에 ××경찰서 경제계 주임이던 백 부장의 어르신네 이 백 주사가 아닌가. 두 달 전 그 때만 같았어도

'이 놈!'

하고 호통을 하여 당장 물고를 내련만, 그 좋은 세상이 어디로 가고 이 지경이란 말인지 몰랐다.

하여튼 그만치나 혼란스런 백 주사에다 대면 미스터 방의 근지야 아주 보잘 것이 없었다.

미스터 방의 증조가 타관에서 떠들어온 명색 없는 사람이었다. 그 조부가 고을의 아전을 다녔다. 그 아비가 짚신 장수였다. 칠십에, 고로롱고로롱 아직도 살아 있지만, 시방도 짚신 곱게 삼기로 고을에서 첫째가는 방 첨지가 바로 그였다. 그리고 이 방삼복이는……

먹고 자고 꿍꿍 일하고, 자식새끼 만들고 할 줄밖에

백 주사의 아들 백 부장은 일제가 준 '훈팔등' 직위를 가졌으며, 일본 경찰이었다.

해방이 되기 전

두 달 전의 독립에 대해 백 주사가 어떤 태도를 보이고 있는지를 주의해서 보자.

자라 온 환경과 경력

보비위(補脾胃) 남의 비위를 잘 맞추어 줌
명문거족(名門巨族) 이름나고 크게 번창한 집안

증조 : 증조할아버지
떠들어온 : 정처 없이 떠돌아다니다가 온
명색 없는 : 내세울 만한 이름이 없는
조부 : 할아버지

는 모르는 상일꾼(농부)였었다. 그러나마 삼십을 바라보도록 남의 집 머슴살이로, 이 집 저 집 살고 다니는 코삐뚤이 삼복이었다. 물론 낫 놓고 기역 자도 못 그리는 판무식이었다. *해마다 일정한 양의 벼를 주인에게 세로 바치고 부치는 논밭*

상일꾼일 바엔 남의 세토(소작) 마지기라도 얻어 제 농사를 짓는 것이 아니라, 삼십을 바라보도록 남의 집 머슴살이만 하고 다니던 코삐뚤이 삼복이가 하루아침 무슨 생각이 났던지, 돈벌이를 간답시고, 조석이 간데없는 부모에게다 처자식 떠맡기고는 훌쩍 일본으로 떠나 버렸다. 그것이 열두 해 전. *'아침저녁 끼니도 챙기지 못하는'*

떠난 지 칠팔 년을 별반 신통한 벌이도 못 하는지, 돈 한 푼 보내는 싹도 없더니, 하루는 느닷없이 중국 상해에 와 있노라 기별이 전해져 왔다. 그러고는 감감 소식이 없다가 삼 년 만에 푸뜩 고향엘 돌아왔다. 십여 년을, 저의 말따나 동양 삼국 물 골고루 먹고 다녔으면서, 별로이 때가 벗은 것도 없어 보이고, 행색은 해어진 양복 누더기에 볼 꿰어진 구두짝을 꿰고 들어서는 모양이, 군데군데 김질은 하였으나 빨아 다린 *기움질. 옷의 여기저기 해어진 곳에 조각을 덧대는 것.* 무명 고의적삼을 입고 고향을 떠날 적보다 차라리 초라한 것 같았다.

늙은 어미 아비와 젊은 가속이 뼈품으로 버는 것을 얻어먹으며 굶으며 하면서 한 일 년 빈둥거리고 놀더니, 적이 회심이 들었는지, 이번엔 처자식 데리고 서울로 올라왔다. *'마음을 꽤나 돌이켜 먹었는지'*

서울로 올라와서는 현저동 비탈의 다 찌부러진 행랑방을 얻어 살면서, 처음 일 년은 용산 있는 연합군 포로수용소엘 다니며 입에 풀칠을 하였고—이 동안 그는 상해에서 귀로 익힌 토막 영어가 조금 더 진보되었고. *중국의 지명*

58

다시 일 년이나는, 그것 역시 상해에서 익힌 것을 밑천 삼아 구두 직공으로 구둣방엘 다니며 그럭저럭 살았고. 그러다 일본이 싸움에 지느라고 구두를 너무 해트려 가죽이 동이 나서 구둣방이 너나없이 문을 닫는 바람에, 할 수 없이 이번엔 궤짝 한 개 짊어지고 신기료장수로 나서고 말았다.

☆ '닳아서 떨어지게 하여'

골목골목 돌아다니며 혹은 종로 복판의 행길에 가 앉아 신기료장수를 하자니, 자연 서울 온 고향 사람의 눈에 종종 뜨일밖에. 소식이 고향에 퍼지자, 누구 한 사람 칭찬은 없고 저마다 빈정거리는 소리뿐이었다.

"일본으로, 청국으로, 십여 년 타국 바람 쏘이고 온 놈이 겨우 고거야?"

"부전자전이로구면. 아범은 짚신 장수, 자식은 구두 깁는 장수."

"아마 신발 명당에다 무덤을 썼든감."

이렇듯 근지는 미천하고 속에 든 것 없고, 가랑이가 찢어지게 가난하고, 생화라는 것이 고작 거리에 앉아 오는 사람 가는 사람 해어지고 고린내 나는 구두짝 꿰매어 주고 징 박아 주고 닦아 주고 하는 천업이고 하던, 그 코삐뚤이 삼복이었었다.

'흥, 개구리가 올챙이 적을 못 생각한다더니, 발칙한 놈, 고얀 놈.'

백 주사는 생각하자니 속으로 이렇게 분개스럽지 않을 수가 없었다.

그러나 일변으로는, 그러던 코삐뚤이 삼복이가 그야말로 선영이 명당엘 들었단 말인지, 무슨 조화를 지녔단 말인지, 불과 몇 달지간

☆ '한편으로는'

☆ 조상의 무덤

상일꾼 별로 기술이 필요하지 않은 막일을 업으로 하는 사람
판무식(判無識) 아주 무식함. 또는 그런 사람.
가속(家屬) '아내'의 낮춤말
행랑방(行廊房) 대문간에 붙어 있는 방
신기료장수 헌 신을 꿰매어 고치는 일을 직업으로 하는 사람
타국(他國) 자기 나라가 아닌 남의 나라
부전자전(父傳子傳) 대대로 아버지가 아들에게 전함
명당(明堂) 집안이나 자손이 잘되게 한다는 아주 좋은 집터나 무덤의 자리
생화(生貨) 먹고 살아가는 데 도움이 되는 벌이나 직업
천업(賤業) 낮고 천하게 여겨지는 직업

에 이렇게 훌륭히 되고, 부자가 되고, 미스터 방인지 구리다 방인지가 되고 하여 가지고는 갖은 호강 다 하며 천하에 (무설) 것이 없고, (기광이 나서 막 이러니,) 한편 생각하면 신기하기도 하고 부럽기도 하고 또한 안타깝기도 하였다.

※ '극성스럽게 마구 날뛰며 이러하니'

'사람의 운수란 참 모를 일이야.'

※ 앞길이 훤히 트임

백 주사는 속으로 절절히 이렇게 탄복도 아니치 못하였다.

코삐뚤이 삼복의 이 눈부신 (발신,) 그러나 백 주사가 희한히 여기는 것처럼 무슨 명당바람이 났다거나 조화를 지녔다거나 그런 신기한 곡절이 있는 바가 아니요, 지극히 간단하고도 수월한 것이었었다. (다못) 몸에 지닌 재주 가운데 총기가 좀 좋아서 일찍이 영어 마디나 익힌 것을 잊어버리지 아니하였다는, 일종의 특수 조건이 없던 바는 아니지만.

※ '다만'의 사투리

(1945년 8월 15일, 역사적인 날.)

※ 우리나라가 일제로부터 해방한 날이다. 방삼복이 어떻게 출세하게 되었는지에 대한 본격적인 이야기가 시작된다.

이 날도 신기료장수 방삼복은 종로의 공원 건너편 응달에 앉아서 구두 징을 박으면서 해방의 날을 맞이하였다. 그러나 삼복은 감격한 줄도 기쁜 줄도 모르겠었다. 지나가는 행인이 서로 모르던 사람끼리면서 덥석 서로 껴안고 기뻐하고 눈물을 흘리고 하는 것이 삼복은 속을 모르겠고 차라리 쑥스러 보일 따름이었다. 몰려 닫는 군중이 오히려 성가시고, 만세 소리가 귀가 아파 이맛살이 찌푸려질 지경이었다.

몰켜다니고 만세를 부르고 하기에 미쳐 날뛰느라고 정신이 없어, 손님이 없어, 손님이 부쩍 줄었다.

"우랄질! 독립이 배부른가?"

이렇게 그는 두런거리면서 반감이 솟았다.

이삼 일 지나면서부터야 삼복에게도 삼복에게다운 해방의 혜택이 나누어졌다. 십 전이나 십오 전에 박아 주던 징을, 오십 전을 받아도 눈을 부라리는 순사를 볼 수가 없었다. 순사가 없어졌다면야 활개를 쳐 가면서 무슨 짓을 하여도 상관이 없고 무서울 것이 없던 것이었었다.

"옳아, 그렇다면 독립도 할 만한 건가 보다."

삼복은 징 열 개를 박아 주고 오 원을 받아 넣으면서 이렇게 속으로 중얼거리기까지 하였다.

그러나 며칠이 못 가서 삼복은 다시금 해방을 저주하여야 하였다. 삼복이 저 혼자만 돈을 더 받으며, 더 받아 상관이 없는 것이 아니라, 첫째 도가들이 제 맘대로 재료 값을 올리던 것이었었다.

알고 나면
더 재밌어요!

방삼복은
어떤 인물인가?
독립은 성가시기만 한 것이라고 여겼던 방삼복은 자신에게 이익이 되자 독립을 반기고 있다. 방삼복은 '자기에게 득이 되는지'로 가치 판단을 하는 사람이며 기회주의적인 인물이다.

꼭드필수
단어장
닫다 빨리 뛰어 움직이다.
순사(巡査) 일제 강점기에 경찰관의 가장 낮은 계급
도가(都家) 물건을 한 데 묶어 파는 가게

'미스터 방'의
시대 배경
해방 후 한반도는 삼팔선을 경계로 하여 북에는 소련군이, 남에는 미군이 점령하여 임시 통치하게 되었다. 해방 후 서울에는 미군이 몰려 들어왔다. '미스터 방'은 이 때를 배경으로 하고 있다.

징, 가죽, 고무, 실 모두가 오 곱 십 곱 비싸졌다. 그러니 신기료장수는 손님한테 아무리 비싸게 받는댔자 재료를 비싼 값으로 사야 하니, 결국 도가만 살찌울 뿐이지 소득은 전과 크게 다를 것이 없었다.

"이런 엠병헐! 그 눔에 경제곈 다 어디루 가 돼졌어. 독립은 우라진다구 독립을 헌담."

☆ 경제계: 일본 경찰의 한 부서로 경제 활동과 관련된 일을 감시, 단속했다.

석양 때 신기료 궤짝 어깨에 멘 채 홧김에 막걸리 청으로 들어가, 서너 사발 들이켜고는 그는 이렇게 게걸거렸다.

그럭저럭 구월도 열흘이 되고, 서울 거리에는 미국 병정이 꼬마 차와 함께 그득히 퍼졌다.

☆ '9월 10일 즈음이 되고'

그 미국 병정들이, 거리를 구경하면서 혹은 물건을 사려면서 말이 서로 통하지를 못하여 답답해하는 양을 보고 삼복은 무릎을 탁 쳤다.

그러나 슬플진저, 땟국과 땀에 찌든 이 누더기를 걸치고는 가망이 없을 말이었다.

☆ 영어를 조금 할 수 있었던 삼복이 한국말을 못하여 답답해하는 미군을 보며 성공할 기회를 발견하는 모습

'무슨 도리가 없을까?'

반일을 궁리를 하다가, 정오 때에야 한 줄기 서광을 얻었다.

총총히 집으로 돌아가, 마누라를 시켜 구두 고치는 연장 일습과 재료 남은 것에다 이불이며 헌 옷가지 해서 한 짐을 동네 아는 가게에다 맡기고는 한 달 기한으로 돈 백 원을 서푼 변으로 취해 오게 하였다.

그 돈 백 원을 가지고 삼복은 흔한 넝마전으로 가서, 백 원 돈이 꼭 차는 한도까지에 양복이란 명색 한 벌과 모자를 샀다. 신발은 부득이 안방 사람의 병정구두 사 신은 것을 이 다음 창갈이 거저 해 주겠다는

☆ '그저 이름이 양복일 뿐, 너무나 후줄근한 양복 한 벌과'

조건으로 닷새만 제 것과 바꾸어 신기로 하였다.

이튿날 아침 느지감치, 새로 장만한 헌 양복 헌 모자에 헌 구두로써 궤짝 멘 신기료장수보다는 제법 말쑥하여진 차림을 차리고 마악 나서려는데, 간밤부터 통통 부어 가지고는 시중도 말대꾸도 잘 아니하던 애꾸쟁이 마누라가 와락 양복 뒷자락을 움켜쥐고 늘어진다.

"바른 대루 대요."

"이게 별안간 미쳤나?"

"요 막난아, 반해 가지군 이력허구 찾아가는 고 년이 어떤 년야? 응?"

"속을 모르거든 밥값을 내지 말랬어, 요 맹추야."

"날 죽이구 가지, 거전 못 가."

"이 년아, 너 이랬단, 내 인제 둔 벌문, 증말 첩 얻는다."

"오냐 잘한다. 날 죽여라, 날……."

"아, 이 우라 주리땔 앵길 년이……."

한주먹 보기 좋게 갈겨 넘어뜨리고는, 찌부러진 오두막집을 나서 종로로 향을 잡았다. ☆ '방향을 잡았다'

노예도 노예 이전이면 상전을 선택할 자유를 가지는 수도 있다고.

삼복은 종로서 전차를 내려 동쪽으로 천천히 걸으면서 물색을 하였다. 생김새가 맘씨 좋아 보이고, 여느 병정이 아니라 장교쯤 가는 이라야 할 것이었다.

청년 회관 앞에서 담뱃대를 사고 있는 하

게걸거리다 상스러운 말로 소리를 지르며 불평스럽게 자꾸 떠들다.
병정(兵丁) 군인
반일(半日) 하루의 반. 한나절.
일습(一襲) 옷, 그릇, 기구 따위의 한 벌 또는 그 전부
변(邊) 남에게 돈을 빌려 쓴 대가로 치르는 일정한 비율의 돈
넝마전 낡고 해어져서 입지 못하게 된 옷, 이불 따위를 파는 가게
느지감치 꽤 늦게
상전(上典) 옛날에, 종에 대하여 그 주인을 이르던 말
전차(電車) 전기를 이용해, 지상에 설치된 궤도 위를 다니는 차. 우리나라에는 1900년 이전에 처음 설치되어 1969년까지 운행하였다.
장교(將校) 소위 이상의 군인

나가, 몸집이 부대하고 여느 병정은 아닌 듯하고, 얼굴이 자못 선량하여 보이는 게 선뜻 마음에 들었다. 구경하는 체하고 넌지시 그 옆으로 가 섰다.

미국 장교는 담뱃대를 집어 들고 기물스러워하면서 연방 들여다보다가 값이 얼마냐고

기물스러워하면서 위에 손글씨: '이상스럽게 여기면서'

"하우 머취? 하우 머취?"

하고 묻는다.

담뱃대 장수 영감은, 삼십 원이라고 소래기만 지른다.

알아들을 턱이 없어, 고개를 깨웃거리면서 다시금 하우 머취만 찾는 것을, 기회 좋을시고라고, 삼복이가 나직이

"더 티 원."

하여 주었다.

휙 돌려다 보더니,

"오, 캔 유 시피크?"

하면서 사뭇 그러안을 듯이 반가워하는 양이라니. 아스러지도록 손을 잡고 흔드는 데는 질색할 뻔하였다.

직업이 있느냐고 물었다. 방금 실직하였노라고 대답하였다.

그럼, 내 통역이 되어 주겠느냐고 물었다. 그러겠노라고 대답하였다.

이 자리에서 신기료장수 코삐뚤이 삼복은 미스터 방으로 승차를 하여, S라는 미국 주둔군 소위의 통역이 되었다. 주급 십오 불(이백십 원) 가량의.

거진 매일같이 미스터 방은 S소위를, 낮에는 거리의 구경으로, 밤이

64

면 계집 있는 술집으로 인도하였다.

　한번은 탑골공원의 사리탑을 구경하면서, 얼마나 오랜 것이냐고 S소위가 물었다. 미스터 방은 언젠가, 수천 년 된 것이란 말을 들었기 때문에, 투 사우전드 이얼스라고 대답하였다.

　또 한번은, 경회루를 구경하면서 무엇 하던 건물이냐고 물었다. 미스터 방은 서슴지 않고

　"킹 듀링크 와인 앤드 딴쓰 앤드 씽, 위드 땐써."

라고 대답하였다. 임금이 기생 데리고 술 마시고, 춤추고 노래 부르고 하던 집이란 뜻이었었다.

내가 보기엔, 조선 여자의 옷이 퍽 아름답고 점잖스럽던데, 어째서 양장들을 하는지 모르겠다고 S소위가 물었다. 미스터 방은 여자들이 서양 사람한테로 시집을 가고파서 그런다고 대답하였다.

서울역을 비롯하여 거리에 분뇨가 범람한 것을 보고, 혹시 조선 가옥에는 변소가 없느냐고 S소위가 물었다. 미스터 방은, 있기야 집집마다 다 있느니라고 대답하였다.

썩 좋은 조선 그림을 한 장 사고 싶다고 하여서, 문지방 위에다 흔히들 붙이는 사슴이 불로초를 물고, 신선이 앉았고 한 것을 오 원에 한 장 사 주었다.

제일 재미있고 유명한 소설이 무엇이냐고 물어서, '추월색'이라고 대답하였고, 그럼 그것을 한 권 사고 싶다고 하여서, 여러 날 사러 다니다 못해, 동네 노마네 집의 것을 이 원에 사 주었다. 이 밖에도 미스터 방은 S소위에게 조선을 소개한 공로가 여러 가지로 많으나 대강은 그러하였다.

그 공로에 정비례해서, 미스터 방은 나날이 훌륭하여져 갔다. 8·15 이전에 어떤 은행의 중역의 사택이라던 지금의 이 집으로, 현저동 그 집에서 옮아오기는 S소위의 통역이 되는 사흘 후였었다. 위아래 층을 다 양식 절반 일본식 절반으로 꾸민 호화스런 저택이었다. 정원엔 때마침 단풍과 가을 화초가 아름다웠고, 연못에선 잉어가 뛰놀고 하였다.

시방 주객이 앉아 술을 마시는 방은, 앞은 노대가 딸리고, 햇볕 잘

66

들고 밝아서, 여러 방 가운데 제일 좋은 방이었다. 그러나 방 안에는 벽에 그림 한 장 붙어 있는 바 아니요, 방에 알맞은 가구 한 벌 놓여 있는 바 아니요, 단지 방일 따름이어서, 싱겁게 넓기만 하였다. 그렇지만 미스터 방은 실내의 장식 같은 것쯤 그다지 관심할 줄을 아직은 몰랐다.

처음엔 식모를 두었다. 그 다음엔 <u>침모</u>를 두었다. 그 다음엔 손심부름할 계집아이를 두었다.

하루에도 방 선생을 찾는 이가 여러 패씩 있었다. 그들의 대개는 자동차를 타고 오고, (인력거짜리도 흔치 않았다.) 그렇게 찾아오는 그들은 결단코 빈손으로 오는 법이 드물었다. 좋은 양과자 상자 밑바닥에는 으레 따로이 뿌듯한 봉투가 들었곤 하였다.

미스터 방의, 신기료장수 코빼뚤이 삼복이로부터의 발신 경로란 이렇듯 심히 간단하고 순조로운 것이었었다.

☆ 방삼복이 출세한 배경에 대한 설명이 끝나고, 다시 현재로 돌아오는 부분이다.

(주인 미스터 방이 백 주사의 컵에다 술을 따르려고 병을 집어 들다가)

"오이, 기미코."

하고 아래층으로 대고 부른다.

"심부럼 갔어요."

애꾸쟁이 마누라의 꼬챙이 같은 대답.

"안주 어떻게 됐어?"

"글쎄, 안주 시키러 갔어요."

알고 나면 더 재밌어요!

방삼복은 어떻게 출세했나?
방삼복은 미군 장교의 통역이 된 후, 사람들로부터 뇌물을 받으며 부를 획득했다. 미군에게 줄을 대고 싶어 하는 이들이 많았던 혼탁한 사회상을 엿볼 수 있다.

☆ '인력거를 타고 오는 사람도 흔치 않았다.' 자동차를 타고 다닐 만큼 부유한 사람들만 드나들었다는 뜻.

초등필수 단어장

양장(洋裝) 옷차림이나 머리 모양을 서양식으로 꾸밈
분뇨(糞尿) 똥오줌
노대(露臺) 이층 이상의 양옥에서, 건물 벽면 바깥으로 돌출되어 난간이나 낮은 벽으로 둘러싸인 뜬 바닥이나 마루
침모(針母) 남의 집에 매여 바느질을 맡아 하고 일정한 품삯을 받는 여자

"증종 있지?" ☆ 정종(일본식으로 빚어 만든 맑은술)

"⋯⋯."

☆ permanent, 파마

충계 밟는 소리가 나더니, 퍼머넌트한 머리가 나오고, 좁디좁은 이마에 이어서 애꾸눈이 나오고, 분 바른 얼굴이 나오고, 원피스 입은 커다란 가슴이 나오고, 마지막 비단 양말 신은 두리기둥 같은 두 다리가 나오고 한다.

"서 주사가 이거 두구 갑디다."

들고 올라온 각봉투 한 장을 남편에게 건네어 준다.

"어디?"

그러면서 받아 봉을 뜯는다. 소절수 한 장이 나온다. 액면 만 원짜리다.

미스터 방은 성을 벌컥 내면서

"겨우 둔 만 원야?"

하고 소절수를 다다미 바닥에다 휙 내던진다.

"내가 알우?"

☆ 국가 또는 공공 단체의 재산을
개인에게 팔아넘기는 일

"우랄질 자식, 어디 보자. 그래 전, 걸 십만 원에 불하 맡아다 백만원 하나 냉겨 먹을 테문서, 그래 겨우 둔 만 원야? 엠병헐 자식, 내가

☆ Military
Police,
헌병

엠피(MP)헌테 말 한마디문, 전 어느 지경 갈지 모를 줄 모르구서."

"정종으루 가져와요?"

"내 말 한마디에 죽을 눔이 살아나구, 살 눔이 죽구 허는 줄을 모르구서. 흥, 이 자식 경 좀 쳐 봐라⋯⋯. 증종 따근허게 데 와. 날두 산산허구 허니."

68

새로이 안주가 오고, 따끈한 정종으로 술이 몇 잔 더 오락가락하고
나서였다. 백 주사는 마침내 진작부터 벼르던 이야기를 꺼내었다.

백 주사의 아들 백선봉은, 순사 임명장을 받아 쥐면서부터 시작하여
8 · 15 그 전날까지 칠 년 동안, 세 곳 주재소와 두 곳 경찰서를 전근하
여 다니면서, 이백 석 추수의 토지와, 만 원짜리 저금통장과, 만 원어치
가 넘는 옷이며 비단과, 역시 만 원어치가 넘는 여편네의 패물과를 장
만하였다.

남들은 주린 창자를 졸라맬 때 그의 광에는 옥 같은 정백미가 몇 가
마니씩 쌓였고, 반 년 일 년을 남들은 구경도 못 하는 고기와 생선이 끼
니마다 상에 오르지 않는 날이 없었다.

××경찰서의 경제계 주임으로 있던 마지막 이 년 동안은 더욱더 호
화판이었었다. 8 · 15 그 날 밤, 군중이 그의 집을 습격하였을 때에 쏟
아져 나온 물건이 쌀 말고도

광목 여섯 통

고무신 스물세 켤레

지카다비 여덟 켤레

빨랫비누 세 궤짝

양말 오십 타

정종 열세 병

설탕 한 부대

이렇게 있었더란다. 만 원어치 여편네의

두리기둥 둥근 기둥
각봉투(角封套) 네모진 봉투
소절수(小切手) 수표
다다미 마루방에 까는 일본식 돗자리
정백미(精白米) 더 손댈 필요가 없을 만큼 깨
끗하게 도정한 쌀
광목(廣木) 무명실로 짠, 너비가 넓은 천
지카다비 일본의 버선 모양 노동자용 작업화
타(打) 물건 열두 개를 한 단위로 세는 말

패물과, 만 원어치의 옷감이며 비단과 만 원짜리 저금통장은 고만두고 말이었다.

물건 하나 없이 죄다 빼앗기고, 집과 세간은 조각도 못 쓰게 산산 다 부서지고, 백선봉은 팔이 부러지고, 첩은 머리가 절반이나 뽑히고, 겨우겨우 목숨만 살아 본집으로 도망해 왔다.

☆한편 일변 고을에서는 백 주사가 자식이 그런 짓을 해서 산 토지를 가지고 동네 사람한테 거만히 굴고, 작인들한테 팔 할 가까운 도지를 받고,

☆ 부당하게 비싼 이자를 받고 돈을 빌려 주는 일

고리대금을 하고 하였대서, ☆소작인 백선봉이 도망해 와 눕는 그 날 밤, 그의 본집인 백 주사의 집을 습격하였다. ☆ 남의 논밭을 빌린 대가로 해마다 내는 벼

집과 세간 죄다 부수고, 백선봉이 보낸 통제 배급 물자 숱한 것 죄다 빼앗기고, 가족들은 죽을 매를 맞고, 백선봉은 처가로, 백 주사는 서울로 각기 피신하여 목숨만 우선 보전하였다.

백 주사는 비싼 여관 밥을 사 먹으면서, 울적히 거리를 오락가락, 어떻게 하면 이 분풀이를 할까, 어떻게 하면 빼앗긴 돈과 물건을 도로 다 찾을까 하고 궁리를 하던 것이나, 아무런 묘책도 없었다.

☆ '정해진 방향 없이'

그러자 오늘은 우연히 이 미스터 방을 만났다. 종로를 지향 없이 거니는데, 지나가던 자동차가 스르르 멈추면서, 서양 사람과 같이 탔던 신사 양반 하나가 내려서더니, 어쩌다 눈이 마주치자

"아, 백 주사 아니신가요?"

하고 반기는 것이었었다.

알고 나면 더 재밌어요!

백 주사는 어떤 인물?
백 주사는 아들이 일제 순사로 지내면서 부를 축적했던 친일파이다. 백 주사와 아들은 해방 후 성난 민중들에 의해 재산을 모두 빼앗기고 빈털터리가 된다. 그러나 지난 행동에 대한 반성 없이 재산을 되찾을 궁리만 하는 인물이다.

70

자세히 보니, 무어 길바닥에서 신기료장수를 한다던 코삐뚤이 삼복이가 분명하였다.

"자네가, 저, 저, 방, 방……."

"네, 삼복입니다."

"아, 건데, 자네가……."

"허, 살 때가 됐답니다."

그러고는 내 집으루 갑시다 하고 잡아끄는 대로 끌려온 것이었다.

☆ 차리고 있는 모양새

의표하며, 집하며, 식모에 침모에 계집 하인까지 부리면서 사는 것하며, 신수가 훤히 트여 가지고, 말도 제법 의젓하여진 것 같은 것이며,

진소위 개천에서 용이 났다고 할 것인지.

☆ '정말 그야말로'

옛날의 영화가 꿈이 되고, 일조에 몰락하여 가뜩이나 초상집 개처럼

☆ '하루아침에'

초라한 자기가 또 한 번 어깨가 옴츠러듦을 느끼지 아니치 못하였다. 그런 데다 이 녀석이, 언제 적 저라고 무엄스럽게 굴어 심히 불쾌하였고, 그래서 엔간히 자리를 털고 일어설 생각이 몇 번이나 나지 아니한 것도 아니었었다. 그러나 참았다.

보아하니 큰 세도를 부리는 것이 분명하였다. 잘만 하면 그 힘을 빌려 분풀이와 빼앗긴 재물을 도로 찾을 여망이 있을 듯싶었다. 분풀이를 하고, 더구나 재물을 도로 찾고 하는 것이라면야, 코삐뚤이 삼복이는 말고, 그보다 더한 놈한테라도 머리 숙이는 것쯤 상관할 바 아니었다.

"그러니, 여보게 미씨다 방……."

세간　집안 살림살이에 쓰는 온갖 물건
무엄스럽다　보기에 삼가거나 어려워함이 없이 아주 무례한 데가 있다.
엔간히　대중으로 보아 정도가 표준에 꽤 가깝게
여망(餘望)　아직 남은 희망

있는 말 없는 말 보태 가며, (일장)경과 설명을 한 후에, 백 주사는 끝을 맺기를,

☆ 한바탕

"어쨌든지 그 놈들을 말이네, 그 놈들을 한 놈 냉기지 말구섬 죄다 붙잡다가 말이네. 괴수 놈들일랑 목을 썰어 죽이구, 다른 놈들일랑 뼉다구가 부러지두룩 두들겨 주구. 꿇수앟히구 항복 받구. 그리구 빼앗긴 것 일일이 도루 다 찾구. 집허구 세간 쳐부신 것 말끔 다 물리구……. 그렇게만 해 준다면, 내, 내, 재산 절반 노나 주문세, 절반. 응, 여보게 미씨다 방."

"염려 마슈."

미스터 방은 선뜻 쾌한 대답이었다.

"진정인가?"

"머, 지끔 당장이래두, 내 입 한 번만 떨어진다 치면, 기관총 들 멘 엠피(MP)가 백 명이구 천 명이구 들끓어 내려가서, 들이 쑥밭을 만들어 놉니다, 쑥밭을."

"고마우이!"

백 주사는 복수하여지는 광경을 선히 연상하면서, 미스터 방의 손목을 덥석 잡는다.

"백골난망이겠네."

"놈들을 깡그리 죽여 놀 테니, 보슈."

"자네라면야 어렵하겠나."

"흰 말이 아니라 참 이승만 박사두 내 말 한마디면, 고만 다 제바리유."

☆ 독립운동가이자 정치가로, 후에 우리나라의 초대 대통령이 된다.

☆ 불만을 나타낼 때 내뱉는 말의 하나

미스터 방은 그러고는 냉수 그릇을 집어 한 모금 물고 꿀쩍꿀쩍 양치를 한다. 웬 버릇인지, 하여간 그는 미스터 방이 된 뒤로, 술을 먹으면서 양치하는 버릇이 생겼었다.

양치한 물을 처치하려고 휘휘 둘러보다, 일어서서 노대로 성큼성큼 나간다. 노대는 현관 정통 위였었다.

미스터 방이 그 걸쭉한 양칫물을 노대 아래로 아낌없이 좍 배앝는 바로 그 순간이었다. 그 순간이 공교롭게도, 마침 그를 찾으러 온 S소위가 현관으로 일단 들어서려다 말고(미스터 방이 노대로 나오는 기척이 들렸기 때문에) 뒤로 서너 걸음 도로 물러나

"헬로."

부르면서 웃는 얼굴을 쳐드는 순간과 그만 일치가 되었었다.

"에구머니!"

놀라 질겁을 하였으나 이미 배앝아진 양칫물은 퀴퀴한 냄새와 더불어 (백절 폭포)로 내리쏟아져, 웃으면서 쳐드는 S소위의 얼굴 정통에 가 좍르르. ☆ 여러 번 꺾인 거대한 폭포

"유 데빌!" ☆ '기겁할'

이 (기급할) 자식이라고, S소위는 주먹질을 하면서 고함을 질렀고, 그 주먹이 쳐든 채 그대로 있다가, 일변 허둥지둥 버선발로 뛰쳐나와 손바닥을 싹싹 비비는 미스터 방의 턱을

알고 나면
더 재밌어요!

풍자 소설, '미스터 방'
방삼복의 외양은 '툭 나온 눈방울', '삐뚤어진 코' 등으로 우스꽝스럽게 묘사되어 있다. 또 방삼복의 얕은 권력은 한 번의 어이없는 실수로 무참히 무너져 버린다. '미스터 방'은 방삼복의 성공과 몰락을 우스꽝스럽게 보여 주며 해방 당시의 혼란스러운 세태를 비판한다. 이렇게 부정적인 현실을 빗대어 보여 주면서 비웃고 폭로하는 소설을 풍자 소설이라고 한다.

쾌하다 하는 짓이 시원스럽다.
선히 잊히지 않고 눈앞에 생생하게 보이는 듯이
백골난망(白骨難忘) 죽어서 백골이 된 후에도 잊을 수 없다는 뜻으로, 큰 은혜나 도움을 받았을 때 감사의 뜻으로 하는 말

"상놈의 자식!"

하면서 철컥 어퍼컷으로 한 대 갈겼더라고.

짧은 글 짓기를 해 보아요

1 타국

2 부전자전

3 느지감치

4 세간

5 백골난망

이해력을 길러요

1 방삼복과 백 주사의 겉모습은 어떻게 묘사되어 있나요? 본문에서 찾아 써 보세요.

방삼복	
백 주사	

2 방삼복은 어떠한 인물을 대표하고 있는 것일까요?

사고력을 길러요

1 백 주사와 방삼복의 출세와 몰락이 우리 역사의 어떤 시대와 맞물려 있는지 정리해 봅시다.

일제 순사인 아들 덕에 부유하게 살던 시절	고향에서 남의 집 머슴살이를 하다가 서울로 올라가 신기료장수로 근근히 살아가던 시절	시대 배경
마을 사람들에게 습격당해 집과 재산을 모두 빼앗기고 서울 거리를 떠돌아다님	미군 장교의 통역이 되어 한순간에 부자가 됨	시대 배경

논리력을 길러요

1 다음은 이 소설을 읽은 후 간단한 감상을 말한 것입니다. 빈 칸을 채워 넣어 보세요.

"방삼복은 8 · 15 광복에 대해 아무런 역사의식이 없는 인물이야. 이 소설은 방삼복의 출세와 어처구니없는 몰락을 우스꽝스럽게 보여 주는 ⬚⬚⬚⬚⬚⬚⬚의 방법을 이용해 당시의 세태를 날카롭게 비판하고 있어. 이 소설을 통해 나는 ⬚⬚⬚⬚⬚⬚⬚⬚⬚⬚⬚⬚⬚을 느꼈어."

2 방삼복이나 백 주사와 같은 기회주의적인 인물에 대해 비판하는 글을 써 봅시다.

《물 한 모금》

알아 보아요! 지은이를

황순원
1915~2000

　황순원 선생님은 평안남도 대동에서 출생하였으며 일본 와세다 대학 영문 과를 졸업했습니다. 시 창작으로 문학 활동을 시작하여 귀국 후에는 중고등학 교 교사로 일하면서 첫 단편 소설집을 내놓았습니다. 알제의 압박이 심해지자 1942년에 고향으로 돌아가 소설 집필에 주력하였습니다. 그러나 이들을 발표하 지 않고 간직하고 있다가 해방이 된 후에야 세상에 내놓았습니다.

　황순원 선생님의 작품은 시대의 현실을 외면하지 않으면서도 예술적인 아름 다움을 구현해 냄으로써 지금껏 많은 이들의 사랑을 받고 있습니다. 대표작으 로 〈별〉, 〈독 짓는 늙은이〉, 〈소나기〉, 〈학〉 등의 단편과 〈카인의 후예〉, 〈인간 접목〉, 〈일월〉 등의 장편 소설이 있습니다.

　한국인의 정서와 휴머니즘 정신을 간결하고 세련된 문체와 다양한 소설적 기 법들을 통해 보여 준 황순원 선생님의 작품은 한국 현대 문학의 최고봉으로 평 가받습니다.

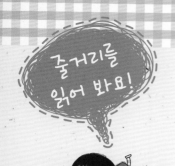

갑자기 비가 내리자 역에서 나온 사람들, 역으로 가는 사람들이 비를 피해 근처 초가집으로 하나둘 몰려듭니다.

초가집의 좁은 헛간은 곧 사람들로 가득 찹니다. 딸을 찾아가는 노파, 흰 수염의 노인, 당꼬바지 청년, 키 큰 남자……

그들은 언제쯤 비가 그칠까 밖을 내다보며 이런저런 대화를 나눕니다. 비가 그칠 줄 모르고 더욱 세차게 내리자 그들은 심란한 표정을 짓습니다.

그런데 험상궂은 인상의 집주인이 모여든 사람들을 내다보고 들어가지요. 남의 집에 들어와서 뭘 하느냐는 타박을 들을 것 같아 사람들은 빗속으로 나갈 준비를 합니다.

그러나 비는 쉽게 그치지 않습니다.

'물 한 모금'은 황순원 선생님의 작품입니다. 황순원 선생님은 '소나기', '별', '독 짓는 늙은이' 등 서정적인 단편 소설들을 많이 발표했습니다.

황순원 선생님의 단편 소설은 마치 한 편의 시를 읽는 듯 그 언어가 간결하고 아름답습니다. 이 책에는 황순원 선생님의 두 편의 작품을 실었습니다. 이 작품들을 통해 아름다운 단편 소설의 세계에 빠져 보시기 바랍니다.

'물 한 모금'의 사건 전개는 매우 단순해 보입니다. 그러나 그 안에서 우리는 보편적인 인간의 감정과 따뜻한 우리 이웃들의 마음을 발견할 수 있습니다. 한 편의 잔잔한 단편 소설이 우리에게 주는 기쁨을 충분히 느껴 볼 수 있는 작품입니다.

비 오는 을씨년스럽고 쌀쌀한 가을날로 함께 들어가 봅시다. 따뜻한 물 한 모금을 마실 때 온몸에 퍼지는 온기를 여러분도 함께 느낄 수 있을 것입니다.

물 한 모금

가을 하늘이란 정말 고양이의 눈알인가 보다. 그렇게 맑던 마가을 저녁 하늘이 금세 흐려지며 비 올 바람까지 인다. 이어 설마 비야 오랴 싶던 하늘에서는 어느새 빗방울이 듣기 시작한다.

불과 백여 호가 될까 말까 한 이 곳 조그마한 간이역 앞 벌에는 이렇게 되어 비를 맞는 사람이 몇 있다. 처음에는, 가을비가 오면 얼마나 오리 하고 그냥들 심상히 여기는 듯했으나, 주위가 점점 컴컴해지면서 빗방울이 굵어지는 품이 좀처럼 업신여길 비가 아님을 깨달으면서는 뛰는 걸음으로 변한다. 그러나 뛴다고 별도리가 없으리라는 걸 깨닫게 되자 이번에는 어디 비 그을 자리를 찾는다.

마침 역 앞벌을 길게 가르고 지나가는 개울둑 가까이 초가집이 하나 외따로이 서 있다. 채마를 하는 중국 사람의 집이다. 역 쪽에서 앞벌 저편에 있는 마을 마을로 가던 사람, 그러한 마을들에서 역 쪽으로 오던 사람이 하나둘 초가집으로 찾아든다. 처마 밑에라도 들어설 심산으로들 모여드는데, 뜻밖에 이 초가집에는 한 옆구리에 잇달아 지은 빈 칸이 하나 있다. 아직 문도 해 달지 않은, 바람벽도 사날 전에 초벽을 바른 듯 아직 흙이 마를 날이 먼 헛간이었다. 긴 장호미 두 개가 한옆에 뉘어 있을 뿐 텅 빈 이 곳은 잠깐 비 긋기에는 여간 좋은 장소가 아니었다.

　벌써 여기에는 나들이라도 나선 듯한 노파를 비롯해 몇몇 사람이 들어와 있었다. 모두 처음에는 목을 움츠리고 을씨년스러운 듯이, 에잇 에잇 하며 찬비를 털고 하다가도, 숨을 돌리고 몸이 좀 녹는 대로 이번에는 새로 들어서는 사람들의 구중중한 꼴을

구경할 여유까지 생긴다.

　새로 들어서는 사람이 울상을 할수록 더 구경스럽다. 더욱이나 앞개울에 놓인 외나무다리를 건너오는 사람이 있을 땐 더 볼 만하다. 뛰어오는 대로 다리에 올라서면 외나무다리가 휘청거린다. 그러면 다리에 올라선 채로 휘청거림이 멎기를 기다리는 수밖에 없다. 그러다 멎기가 바쁘게 다시 속히 건너 보려고 급하게 서두른다. 그러면 다시 외나무다리가 휘청거려 올라선 사람은 또 떨어지지 않게끔 몸의 중심을 잡느라고 몸을 이리 비틀고 저리 비틀고 해야 한다. 그 몸 비트는 꼴이 여간 우습지가 않다.

　지금 여기서도 분명하게 흰 수염을 길게 기른 노인이 어깨에 보따리를 하나 메고 건너온다. 이 노인은 벌써부터 이 다리를 여러 번 건너 본 경험이 있음이 틀림없어 다리에 오르기 전까지는 반 뜀걸음이었으나 다리에 올라서면서부터는 조금도 급하지가 않다. 천천히 건너온다.

　이 노인 뒤로 뛰어온 한 젊은 사내가 있었다. 감빛 당꼬바지를 입었다. 첫눈에도 그가 무슨 공출 관계 같은 거로 군에서라도 나온 사람이란 게 분명했다.

☆ 청년의 말. 평안도 사투리가 쓰였다.

　이 청년은 느린 노인의 걸음이 불만스러운 듯, 속히 건너가소고레 뒷사람 좀 건너가게스레, 하면서 그저 노인만 다 건너가면 단번에 뛰어 건널 기세다. 그러니까 노인은 한 번 조용히 뒤를 돌아보며, 어서 뒤따르소, 괜찮쉐다, 했을 뿐 여전히 천천히 걷는다. 그러나 청년은 이런 외나무다리

☆ 노인의 말

가 도리어 한 사람씩만 아니고 여럿이 한꺼번에 건너도 괜찮다는 걸 모르는 듯 노인의 뒤를 따르지 못한다.

　노인이 그냥 천천히 걸어 다리를 다 건너는 것을 기다려서야 청년은 정말 급하게 다리에 올라

선다. 그러나 청년은 예에 의해 몇 발자국을 떼지 못하고 휘청거리는 다리 때문에 몸의 중심을 잃고 두 팔을 허공에 내저으며 몸을 비틀기 시작한다. 참으로 우스꽝스러운 손짓 몸짓이었다. 마치 어른이 지금 바로 걸음마를 타기 시작한 듯한 꼴이다. 그러다가 청년은 겨우 몸을 바로잡았으나 다시 급하게 몇 걸음 내디뎠는가 하면 다시금 몸을 비틀면서 팔을 무슨 촉수처럼 내젓는다. 그러나 청년은 종시 제 성급함을 어찌하지 못한 채 그냥 몇 번이고 같은 것을 되풀이하면서 다리를 건넌다.

이 편에서는 너 나 할 것 없이 이 모양을 구경스럽게 바라본다. 모두 허물없는 웃음기를 얼굴에 띠우고 있다. 어떤 사람은 청년이 몸을 비틀며 두 팔을 허우적거릴 때마다 자기도 모르게, 어구 어구 소리를 지르며 참말 한번 저 사람이 다리에서 물 가운데로 떨어지면 더 구경스러우리라는 생각을 하는 듯했으나 청년이 그러면서도 무사히 다리를 다 건너자 모두 다행이었다는 기색이 누구의 얼굴에나 떠돈다.

청년이 달음박질을 해 이 헛간으로 들어서서 숨을 돌리는데 비는 소나기로 변한다. 이 곳 사람들은 다시 밖을 내다보며 제가끔 걱정스럽고 을씨년스러운 빛으로 변한다. 비는 좀처럼 멎을 것 같지가 않다.

"장맛비로군."

하고 한 사람이 입을 여니 북쪽 하늘을 쳐다보던 한 사람이,

"저게 암만해두 심상티가 않디, 무리 같은 거나 안 와야 할 텐데."

한다.

"그래두 여긴 가을이 대충 끝났쉐다만 저 웃골루 가믄 아직 한심합데다, 팥 가을 콩 가을은 상기 그대루야요."

하고 아래를 무릎까지 걷어 올리고 고무신 코를 한 손에 모아 쥔 사나이가 말하니까,

"그러게 낟알이란 밥꺼지 지어 먹어 놓구서야 먹었단 말을 하디 먹었단 말을 못 한대디요." ☆ '농사를 지어 놓았어도 밥을 해 먹기 전까지는 어떻게 될지 모른다'는 말

하고 광대뼈가 두드러지고 얼굴이 긴 말상을 한 키 큰 사나이가 말을 이어 이런 이야기를 한다.

예전에 어떤 사람이 곡식을 추수해 들이면서 이제는 먹었다 하니까,

며느리가 있다가, 아버지 두구 봐야 알지요. 마당질을 하면서, 이제는 먹었다 하니까, 며느리가 있다가 또, 아버지 두구 봐야 알지요. 연자질을 하면서, 이제는 먹었다 하니까, 상기두 두구 봐야 알지요, 나중에 상을 받아 놓고, 이제는 정말 먹었다 하니까, 며느리가, 상기두 두구 봐야 알지요. 시아버지가 와락 성을 내어 받았던 밥상을 들어 메치며, 이 망할 년 아직두 못 먹었단 말이

알고 나면 더 재밌어요!

이 소설의 시대 배경은?

이 소설이 쓰인 것은 1940년대 즈음이다. 이 때는 일제 강점기의 막바지로, 일제의 극심한 수탈로 인해 사람들의 생활과 마음이 모두 파괴되어 가고 있던 시절이다. 당꼬바지 청년을 흘깃 쳐다보면서 '언뜻 현재 자기네 생활에라도 생각이 미친 듯' 보이는 사람들을 통해서도 그러한 시대상을 엿볼 수 있다. 따라서 사람들 사이의 인정도 메말라 갈 수밖에 없던 시기라는 점을 생각하며 소설을 계속 감상해 보자.

냐? 하는 걸, 며느리가 흩어진 밥그릇을 주워 담으며, 그것 보세요. 못 잡수지 않았어요? 했다는 이야긴데, 누구나 대개 아는 이야길뿐더러 별반 재미나게 하는 이야기 솜씨도 못 돼서 그런지 아무 흥미를 끌지 못한다. 그저 시아버지가 이젠 먹었다 하는 걸 며느리가 두구 봐야 알지요 하는 데서, 언뜻 현재 자기네 생활에라도 생각이 미친 듯 곁의 사람 몇이 군에서 나온 듯싶은 당꼬바지 청년을 흘깃 쳐다보았을 따름이다.

　"정 소용없는 비가 오눈."

하고 또 누가 비 걱정을 하니 곁에서,

☆ 이들은 농사를 지어 놓아도 공출당할 것을 걱정해야 하는 상황이다. 당꼬바지 청년의 차림새로 보아 일제 정부에서 나온 사람이라 생각하여 그를 쳐다본 것.

　"김장 무 배채에나 좀 나을까."

하고 받는다.

　여기서,

　"지금 몇 점이나 됐갔소?"

하고 누구보다도 맨 처음 이리로 들어와 움츠리고 섰던 나들이 가는 듯한 노파가 그새 들어오는

로드필스 단어장

허물없다 서로 매우 친하여 허물을 문제 삼거나 체면을 차릴 필요가 없다.
무리 '누리'의 평안도 사투리. 우박.
가을 벼나 보리 따위의 농작물을 거두어들임. 또는 그런 일.
상기 '아직'의 평안도 사투리
말상 말처럼 긴 얼굴
마당질 곡식을 떨어 알곡을 거두는 일
연자질 가축이 돌리는 커다란 맷돌로 곡식을 찧는 일
배채 '배추'의 평안도 사투리
점 예전에 시각을 세던 단위

사람에게 자리를 비켜 주며 맨 뒷구석으로 가 있다가, 누구에게라 없이 묻는다.

　　당꼬바지 청년이 손목시계를 들여다보며,

　　"5시가 지났쉐다."

한다.

　　노파가 다시,

　　"평양 나가는 차가 몇 점에 있디요?"

하고 묻자,

　　"6시 10분 차디요, 아마."

하고 누가 대답해 준다.

　　이 때 보따리를 어깨에 멘 수염 긴 노인이 노파 편을 돌아보며,

　　"평양 나가는 아즈마니요?"

한다.

　　"예."

　　"저물갔쉐다레."

　　노파는 그 말에는 대답 없이 부스럭거리더니 손때가 묻은 종잇조각 하나를 꺼내어 옆 사람에게 보이며,

　　"이거 가지믄 찾을 수 있갔디요?"

한다.

　　종잇조각은 앞 사람도 그 앞 사람도 또 그 앞 사람도 글을 모르는 사람이어서 결국 당꼬바지 청년에게로 가 멎는다.

　　"암덩이웨다레. 감옥소 있는……."

"예. 감옥 긴 담장 뒤야요."

구처 "그 아간 가서 이걸 내 뵈구 물어보소."

노파는 종잇조각을 도로 받아 부스럭대며 소중히 치마 속에 집어넣으면서도 마음이 안 놓이는 듯,

"몇 번 갔댔디만 원, 요 집이 고 집 겉구 고 집이 요 집 겉애서 원."

하고 혼잣말을 한다.

노인이 여기서,

"낼 아침 차에 가시디 저물게 갈 게 있나요."

하니까 노파는,

"글쎄 막내딸이 평양 가 사는데 아이를 낳다는 기별을 받구는 내일 아침까지 참디 못하갔쉐다레, 누가 변변히 국밥을 끓여 줄까 하믄 가만 앉아 있갔시야디요."

한다.

노인이,

"나두 평양 가긴 하디만 선교리 쪽이 돼 놔서."

하고 말했으나 누가 노인더러 뭘 하러 가느냐고 묻는 사람은 없었다.

노파가 잠시 사람들 틈새로 밖으로 내다보며 예의 당꼬바지 청년 쪽을 향해,

☆ '앞에서 말한'

"지금 몇 점이나 됐소?"

당꼬바지 청년이 또 손목시계를 들여다보며,

"5시 반이 돼 옵네다."

한다.

노파가 한숨조로,

"야단났군."

한다.

한 사람이 짜증스러운 듯이,

"정 쓸데없는 비가 오눈."

하면 한 사람이 또,

"장맛비터럼 오네게레."

한다.

그러는데 하늘이 좀 머얼게지면서 빗발
이 좀 가늘어진다. 사람들은 이제 좀만
더 비가 가늘어지면 떠나 보리라고들
우무적우무적 몸단속들을 한다.

이 때 진창에 신발 끄는 소리가 나
더니 한 사내가 나타나 이 편을 들여
다본다. 중국 사람인 이 집 주인이
다. 참으로 험상궂게 생긴 사내였
다. 마치 도끼 같은 것에라도 찍

힌 듯이 깊게 파인 이마의 주름살. 그러나 그것은 결코 무슨 상처 자리가 아니라 얼굴 가죽이 두꺼워 그렇다는 것이 더욱 ⟨간판 사납다.⟩ ☆ '험상궂어 보인다'

들여다보는 품이 아무리 집 같지 않은 곳이라도 주인의 허락 없이 이렇게들 들어와 있느냐는 것 같았고, 험한 말은 없어도 무슨 자기네 세간에 손이나 대지 않나 하는 것을 살피려는 듯했다. 그래 안에 있던 사람들은 좀 몸들을 피해 긴 장호미가 그에게 보이도록 해 주었다.

그러나 집주인은 무엇 그런 것을 살피는 눈치는 아니고, 그저 이 편을 잠시 기웃이 들여다보고는 그 험상궂은 얼굴을 거두어 가지고 가 버린다. ☆ 어색하고 가라앉은 분위기를 표현한 말

⟨어석버석해진⟩ 이 기회에 모두 떠나 보려고들 한다. 비가 아주 멎지는 않았지만. 그러는데 휘익 거센 바람이 일며 찬 기운을 안으로 몰아넣는다. 이제 비가 그치고 찬 바람이 나오려는가 보다. 아직 비도 채 멎지 않았는 데다 이 바람에 밖은 무던히 차가울 것만 같다. 그래 누구 하나 선뜻 나서는 사람이 없다. 그러는데 다시 비가 몰려온다. 소나기다.

누가 또 한숨조로,

"공연한 비가 오눈."

해도 이제는 모두 한심해 말하기도 싫은 듯이 잠잠하다가 말상을 한 사나이가,

"이러다가 욱 하믄 무 배채 결딴이다."

한다.

노파가 초조한 듯이 또,

"여섯 점이 다 됐디요?"

우무적우무적 큰 벌레 따위가 매우 좀스럽고 굼뜨게 자꾸 움직이는 모양
진창 땅이 질어서 질퍽질퍽하게 된 곳
무던히 정도가 상당하게

하는 걸, 당꼬바지 청년이 좀 성가신 듯이 손목시계를 후딱 보고,

"6시 좀 전이웨다."

한다.

이제는 정말 가 봐야겠는데? 아무리 눈앞에 다 온 정거장이긴 하더라도. 그러나 노파는 선뜻 나서지를 못한다. 아무래도 차가울 빗속이라 조금만 더 참아 보자는 눈친 듯.

소나기가 저물어 가는 마가을 저녁 바람 속에 한창 퍼붓는다.

노파가 한탄조로,

"야단났군."

했으나 제가끔 답답한 생각에 잠겨 노파의 말소리를 듣는 것 같지도 않았다.

알고 나면 더 재밌어요!

낯선 이들 사이의 인정
이 소설에 등장하는 모든 인물은 겉모습의 특징으로만 지칭될 뿐, 이름으로 불리지 않는다. 이들은 서로 특별한 관계가 없는, 우연히 만난 사람들이다. 그런 이들이 허물없이 대화를 나누고 따뜻한 물 한 모금으로 녹아드는 모습을 통해 사람과 사람 사이의 인정이란 무엇인지 생각해 보게 한다. 특히 당시에는 인색하다고 여겨지며 기피되었던 중국 사람을 등장시켜 의외의 인정을 베푸는 모습을 보여 줌으로써 인류 보편적인 인간애를 깨닫게 한다.

이렇게 소나기가 한 줄기 내리고, 또 빗발이 가늘어진다. 정말 장맛비 그대로다.

이 때 다시 진창을 끄는 신발 소리가 나더니 좀 전의 험상스러운 집주인이 나타났다. 이번에는 한 손에 주전자를 들고 한 손에는 찻종 하나를 들었다. 주전자 주둥이론 김이 오른다.

이 중국 사람은 무표정한 대로 주전자와 찻종을 이편으로 내민다. 말상을 한 사나이가 받았다.

찻종에 붓는데 김이 엉긴다. 그 김을 보기만 해도 속이 녹는 것 같다. 먼저 수염 긴 노인이 마시고, 노파가 마시고, 그리고는 옆 사람 순서로 마신다. 한 모금

마시고는 모두, 에 도타, 이제야 속이 풀리눈, 하
고들 흐뭇해한다. 단지 그것이 더운 맹물 한 모금

찻종 차를 따라 마시는 작은 그릇

인데도. 그러나 그것은 헛간 안의 사람들이나 밖에 무표정한 대로 서 있
는 주인이나 모두 더운 물에서 서리는 김 이상의 뜨거운 무슨 김 속에 녹
아드는 광경이었다.

　노파도 이제는 비도 가늘어졌지만 물 한 모금에 기운을 얻어 사람들
틈을 빠져나와 먼저 떠날 준비를 차릴 수 있었다.

1 듣다
2 긋다
3 허물없다
4 진창
5 무던히

이해력을 길러요

1 이 소설에 등장하는 인물들을 모두 찾아 적어 보세요.

2 이 소설의 시간적, 공간적 배경을 정리해 봅시다.

시간적 배경	
공간적 배경	

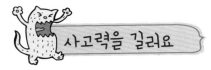
사고력을 길러요

1 집주인이 나왔을 때, 사람들이 헛간의 긴 장호미가 보이도록 몸을 피해 주고 서둘러 떠
   나려 한 이유는 무엇인가요?

2 소설의 제목인 '물 한 모금'이 의미하는 것을 생각해 보고, 내가 누군가에게 이 소설 속
   '물 한 모금'과 같은 것을 베풀었던 경험이 있는지 떠올려 봅시다.

논리력을 길러요

1 이 소설을 읽고 한 편의 독후감을 쓰려 합니다. 한 편의 글을 구성하기 위한 초안을 작성해 봅시다.

배경	
등장인물과 특징	
이야기의 구성	
인상 깊었던 구절	
소설을 읽고 느낀 점	

2 위에서 정리한 내용을 토대로 자신만의 독후감을 완성해 보세요.

소나기

중학 국어 1-1 [교학사, 대교]
중학 국어 1-2 [디딤돌]
중학 국어 2-1 [신사고, 대교]

지은이를 알아 보아요!

황순원
1915~2000

    황순원 선생님은 평안남도 대동에서 출생하였으며 일본 와세다 대학 영문과를 졸업했습니다. 시 창작으로 문학 활동을 시작하여 귀국 후에는 중고등학교 교사로 일하면서 첫 단편 소설집을 내놓았습니다. 일제의 압박이 심해지자 1942년에 고향으로 돌아가 소설 집필에 주력하였습니다. 그러나 이들을 발표하지 않고 간직하고 있다가 해방이 된 후에야 세상에 내놓았습니다.

    황순원 선생님의 작품은 시대의 현실을 외면하지 않으면서도 예술적인 아름다움을 구현해 냄으로써 지금껏 많은 이들의 사랑을 받고 있습니다. 대표작으로 〈별〉, 〈독 짓는 늙은이〉, 〈소나기〉, 〈학〉 등의 단편과 〈카인의 후예〉, 〈인간접목〉, 〈일월〉 등의 장편 소설이 있습니다.

    한국인의 정서와 휴머니즘, 정신을 간결하고 세련된 문체와 다양한 소설적 기법들을 통해 보여 준 황순원 선생님의 작품은 한국 현대 문학의 최고봉으로 평가받습니다.

소년은 개울가에서 물장난을 치는 소녀를 만납니다. 소년은 소
녀와 개울가에서 몇 번을 마주쳐도 말을 걸지 못합니다.

어느 토요일, 소녀가 처음으로 소년에게 말을 걸지요. 서울에서 이사 와
친구가 없었던 소녀는 소년에게 함께 놀러 가자고 합니다.

소년과 소녀는 산을 향해 가면서 허수아비 줄을 흔들고, 도랑을 폴짝 뛰
어넘고, 꽃을 따며 즐거운 시간을 보냅니다.

그런데 갑자기 하늘에 먹장구름이 밀려오며 세찬 소나기가 내리기 시작
합니다. 비를 피해 보지만 소녀는 매우 추운 듯 보입니다.

그 후 다시 만났을 때 소녀는 해쓱한 얼굴입니다. 소녀는 소년에게 곧 이
사 가게 되었다는 말을 전합니다.

'소나기'는 황순원 선생님의 대표적인 단편 소설입니다. 소년과 소녀의 만남과 헤어짐을 아름답고 간결한 언어로 그려 내 많은 사람들로부터 공감과 사랑을 받았습니다.

소년과 소녀의 만남은 소나기처럼 급작스럽게 시작되고 또 갑자기 그치며, 맑게 갠 하늘처럼 순수합니다. 소년과 소녀의 만남은 어색하게 시작되지만 서로를 아껴 주며 따뜻하게 서로에게 전달됩니다. 우리가 느끼는 감정과 많이 닮아 있지요.

황순원 선생님은 누구나 한 번쯤 겪게 되는 유년기의 감정을 군더더기 없이 한 편의 시처럼, 한 폭의 그림처럼 펼쳐 보였습니다. '소나기'가 전달해 주는 분위기와 소리, 선명한 색깔은 우리를 아름다운 한국 단편 소설의 세계로 빨려들어가게 합니다.

'소나기'가 전해 주는 진한 여운을 함께 느껴 봅시다.

소나기

소년은 개울가에서 소녀를 보자 곧 윤 초시네 증손녀 딸이라는 걸 알 수 있었다. 소녀는 개울에다 손을 잠그고 물장난을 하고 있는 것이다. 서울서는 이런 개울물을 보지 못하기나 한 듯이.

벌써 며칠째 소녀는, 학교에서 돌아오는 길에 물장난이었다. 그런데 어제까지는 개울 기슭에서 하더니, 오늘은 징검다리 한가운데 앉아서 하고 있다.

소년은 개울둑에 앉아 버렸다. 소녀가 비키기를 기다리자는 것이다.

요행 지나가는 사람이 있어, 소녀가 길을 비켜 주었다.

다음 날은 좀 늦게 개울가로 나왔다.

이 날은 소녀가 징검다리 한가운데 앉아 세수를 하고 있었다. 분홍 스웨터 소매를 걷어 올린 팔과 목덜미가 마냥 희었다.

98

한참 세수를 하고 나더니, 이번에는 물속을 빤히 들여다본다. 얼굴이라도 비추어 보는 것이리라. 갑자기 물을 움켜 낸다. 고기 새끼라도 지나가는 듯.

소녀는 소년이 개울둑에 앉아 있는 걸 아는지 모르는지, 그냥 날쌔게 물만 움켜 낸다. 그러나 번번이 허탕이다. 그대로 재미있는 양, 자꾸 물만 움킨다. 어제처럼 개울을 건너는 사람이 있어야 길을 비킬 모양이다.

그러다가 소녀가 물속에서 무엇을 하나 집어낸다. 하얀 조약돌이었다. 그러고는 벌떡 일어나 팔짝팔짝 징검다리를 뛰어 건너간다.

다 건너가더니만 홱 이리로 돌아서며,

"이 바보."

조약돌이 날아왔다.

소년은 저도 모르게 벌떡 일어섰다.

단발머리를 나풀거리며 소녀가 막 달린다. 갈밭 사잇길로 들어섰다. 뒤에는 청량한 가을 햇살 아래 빛나는 갈꽃뿐.

이제 저쯤 갈밭머리로 소녀가 나타나리라. 꽤 오랜 시간이 지났다고 생각됐다. 그런데도 소녀는 나타나지 않는다. 발돋움을 했다. 그러고도 상당한 시간이 지났다고 생각됐다.

저쪽 갈밭머리에 갈꽃이 한 옴큼 움직였다. 소녀가 갈꽃을 안고 있었다. 그리고 이제는 천천한 걸음이었다. 유난히 맑은 가을 햇살이 소

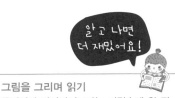

알고 나면 더 재있어요!

그림을 그리며 읽기
줄거리만 따라가기보다는 머릿속에 한 장면, 한 장면 그림을 그리며 읽어 보자. 이 소설에는 '분홍 스웨터', '하얀 조약돌'과 같이 색깔을 표현한 말이 자주 나온다. '청량한 가을 햇살', '빛나는 갈꽃' 등의 시각적인 표현들이 머릿속에 선명한 그림을 그리도록 도와 줄 것이다.

오늘 필수 단어장

갈밭머리 갈대밭 근처. 특히 출입이 잦은 입구 쪽을 이른다.

**알고 나면
더 재밌어요!**

소년과 소녀의 성격
소년은 소녀가 징검다리 한가운
데 앉아 있어도 비켜 달라는 말을
하지 못하고 개울둑에 앉아 기다
린다. 소녀는 그런 소년이 답답한
지 "바보."라고 말하며 조약돌을
던진다. 소년과 소녀의 성격이 어
떻게 다른지 생각해 보자.

녀의 갈꽃 머리에서 반짝거렸다. 소녀 아닌 갈꽃이
들길을 걸어가는 것만 같았다.

소년은 이 갈꽃이 아주 뵈지 않게 되기까지 그대로
서 있었다. 문득, 소녀가 던진 조약돌을 내려다보았
다. 물기가 걷혀 있었다. 소년은 조약돌을 집어 주머
니에 넣었다.

다음 날부터 좀 더 늦게 개울가로 나왔다. 소녀의 그림자가 뵈지 않
았다. 다행이었다.

그러나 이상한 일이었다. 소녀의 그림자가 뵈지 않는 날이 계속될수
록 소년의 가슴 한구석에는 어딘가 허전함이 자리 잡는 것이었다.

주머니 속 조약돌을 주무르는 버릇이 생겼다.

그러한 어떤 날, 소년은 전에 소녀가 앉아 물장난을 하던 징검다리 한가운데에 앉아 보았다. 물속에 손을 잠갔다. 세수를 하였다. 물속을 들여다보았다. 검게 탄 얼굴이 그대로 비치었다. 싫었다.

소년은 두 손으로 물속의 얼굴을 움키었다. 몇 번이고 움키었다. 그러다가 깜짝 놀라 일어나고 말았다. 소녀가 이리로 건너오고 있지 않느냐.

'숨어서 내가 하는 일을 엿보고 있었구나.'

소년은 달리기 시작했다. 디딤돌을 헛디뎠다. 한 발이 물속에 빠졌다. 더 달렸다.

몸을 가릴 데가 있어 줬으면 좋겠다. 이 쪽 길에는 갈밭도 없다. 메밀밭이다. 전에 없이 메밀꽃 내가 짜릿하게 코를 찌른다고 생각됐다. 미간이 아찔했다. 찝찔한 액체가 입술에 흘러들었다. 코피였다.

소년은 한 손으로 코피를 훔쳐 내면서 그냥 달렸다. 어디선가 '바보, 바보.' 하는 소리가 자꾸만 뒤따라오는 것 같았다.

미간(眉間) 양쪽 눈썹의 사이

토요일이었다.

개울가에 이르니, 며칠째 보이지 않던 소녀가 건너편 가에 앉아 물장난을 하고 있었다.

모르는 체 징검다리를 건너기 시작했다. 얼마 전에 소녀 앞에서 한 번 실수를 했을 뿐, 여태 큰길 가듯이 건너던 징검다리를 오늘은 조심스럽게 건넌다.

"애."

못 들은 체했다. 둑 위로 올라섰다.

"애, 이게 무슨 조개지?"

자기도 모르게 돌아섰다. 소녀의 맑고 검은 눈과 마주쳤다. 얼른 소녀의 손바닥으로 눈을 떨구었다.

"비단조개."

"이름두 참 곱다."

갈림길에 왔다. 여기서 소녀는 아래편으로 한 삼 마장쯤, 소년은 우대로 한 십 리 가까운 길을 가야 한다.

소녀가 걸음을 멈추며,

"너, 저 산 너머에 가 본 일 있니?"

벌 끝을 가리켰다.

"없다."

"우리, 가 보지 않으련? 시골 오니까 혼자서 심심해 못 견디겠다."

"저래 봬도 멀다."

"멀면 얼마나 멀기에? 서울 있을 땐 사뭇 먼 데까지 소풍 갔었다."

소녀의 눈이 금세 '바보, 바보.' 할 것만 같았다.

논 사잇길로 들어섰다. 벼 가을걷이하는 곁을 지났다.

허수아비가 서 있었다. 소년이 새끼줄을 흔들었다. 참새가 몇 마리 날아간다. '참, 오늘은 일찍 집으로 돌아가 텃논의 참새를 봐야 할걸.' 하는 생각이 든다.

"아, 재밌다!"

소녀가 허수아비 줄을 잡더니 흔들어 댄다. 허수아비가 자꾸 우쭐거리며 춤을 춘다. 소녀의 왼쪽 볼에 살포시 보조개가 패었다.

저만큼 허수아비가 또 서 있다. 소녀가 그리로 달려간다. 그 뒤를 소년도 달렸다. 오늘 같은 날은 일찍 집으로 돌아가 집안일을 도와야 한다는 생각을 잊어버리기라도 하려는 듯이.

☆ 이 소설에는 소리와 감촉, 냄새 등을 표현한 감각어도 자주 등장한다. 여기서는 촉각적인 표현이 쓰였다.

소녀의 곁을 스쳐 그냥 달린다. 메뚜기가 따끔따끔 얼굴에 와 부딪친다. 쪽빛으로 한껏 갠 가을 하늘이 소년의 눈앞에서 맴을 돈다. 어지럽다. 저 놈의 독수리, 저 놈의 독수리, 저 놈의 독수리가 맴을 돌고 있기 때문이다.

돌아다보니, 소녀는 지금 자기가 지나쳐 온 허수아비를 흔들고 있다. 좀 전 허수아비보다 더 우쭐거린다.

논이 끝난 곳에 도랑이 하나 있었다. 소녀가 먼저 뛰어 건넜다.

거기서부터 산 밑까지는 밭이었다.

수숫단을 세워 놓은 밭머리를 지났다.

"저게 뭐니?"

마장 거리의 단위. 오 리나 십 리가 못 되는 거리를 이른다.
우대 위쪽
가을걷이 가을에 논이나 밭에서 다 자란 곡식을 거두어들이는 일
쪽빛 검은빛이 돌 정도로 짙은 파란빛
도랑 폭이 좁은 개울
수숫단 수수를 단으로 묶어 놓은 것

"원두막."

"여기 참외, 맛있니?"

"그럼, 참외 맛도 좋지만 수박 맛은 더 좋다."

"하나 먹어 봤으면."

소년이 참외 그루에 심은 무 밭으로 들어가, 무 두 밑을 뽑아 왔다. 아직 밑이 덜 들어 있었다. 잎을 비틀어 팽개친 후, 소녀에게 한 개 건넨다. 그러고는 이렇게 먹어야 한다는 듯이, 먼저 대강이를 한 입 베물어 낸 다음, 손톱으로 한 돌이 껍질을 벗겨 우쩍 깨문다.

소녀도 따라 했다. 그러나 세 입도 못 먹고,

"아, 맵고 지려."

하며 집어던지고 만다.

"참, 맛없어 못 먹겠다."

소년이 더 멀리 팽개쳐 버렸다.

산이 가까워졌다.

단풍잎이 눈에 따가웠다.

"야아!"

소녀가 산을 향해 달려갔다. 이번은 소년이 뒤
따라 달리지 않았다. 그러고도 곧 소녀보다 더
많은 꽃을 꺾었다.

그루 작물을 심어 기르고 거둔 자리

"이게 들국화, 이게 싸리꽃, 이게 도라지꽃,……."

"도라지꽃이 이렇게 예쁜 줄은 몰랐네. 난 보랏빛이 좋아! ……그런
데 이 양산같이 생긴 노란 꽃이 뭐지?"

"마타리꽃."

소녀는 마타리꽃을 양산 받듯이 해 보인다. 약간 상기된 얼굴에 살포
시 보조개를 떠올리며.

다시 소년은 꽃 한 옴큼을 꺾어 왔다. 싱싱한 꽃가지만 골라 소녀에
게 건넨다.

그러나 소녀는

"하나두 버리지 마라."

산마루께로 올라갔다.

맞은편 골짜기에 오순도순 초가집이 몇 모여 있었다.

누가 말한 것도 아닌데, 바위에 나란히 걸터앉았다. 유달리 주위가 조용해진 것 같았다. 따가운 가을 햇살만이 말라 가는 풀 냄새를 퍼뜨리고 있었다.

"저건 또 무슨 꽃이지?"

적잖이 비탈진 곳에 칡덩굴이 엉키어 꽃을 달고 있었다.

"꼭 등꽃 같네. 서울 우리 학교에 큰 등나무가 있었단다. 저 꽃을 보니까 등나무 밑에서 놀던 동무들 생각이 난다."

소녀가 조용히 일어나 비탈진 곳으로 간다. 꽃송이가 많이 달린 줄기를 잡고 끊기 시작한다. 좀처럼 끊어지지 않는다. 안간힘을 쓰다가 그만 미끄러지고 만다. 칡덩굴을 그러쥐었다.

소년이 놀라 달려갔다. 소녀가 손을 내밀었다. 손을 잡아 이끌어 올리며, 소년은 제가 꺾어다 줄 것을 잘못했다고 뉘우친다. 소녀의 오른쪽 무릎에 핏방울이 내맺혔다. 소년은 저도 모르게 생채기에 입술을 가져다 대고 빨기 시작했다. 그러다가, 무슨 생각을 했는지 획 일어나 저쪽으로 달려간다.

좀 만에 숨이 차 돌아온 소년은

"이걸 바르면 낫는다."

송진을 생채기에다 문질러 바르고는 그 달음으로 칡덩굴 있는 데로 내려가, 꽃 많이 달린 몇 줄기를 이빨로 끊어 가지고 올라온다. 그러고는

"저기 송아지가 있다. 그리 가 보자."

누렁 송아지였다. 아직 코뚜레도 꿰지 않았다.

소년이 고삐를 바투 잡아 쥐고 등을 긁어 주는 체 훌쩍 올라탔다. 송

아지가 껑충거리며 돌아간다.

소녀의 흰 얼굴이, 분홍 스웨터가, 남색 스커트가, 안고 있는 꽃과 함께 범벅이 된다. 모두가 하나의 큰 꽃묶음 같다. 어지럽다. 그러나 내리지 않으리라. 자랑스러웠다. 이것만은 소녀가 흉내 내지 못할, 자기 혼자만이 할 수 있는 일인 것이다.

"너희, 예서 뭣들 하느냐?"

농부 하나가 억새풀 사이로 올라왔다.

송아지 등에서 뛰어내렸다. 어린 송아지를 타서 허리가 상하면 어쩌느냐고 꾸지람을 들을 것만 같다.

그런데 나룻이 긴 농부는 소녀 편을 한 번 훑어보고는 그저 송아지 고삐를 풀어내면서,

"어서들 집으루 가거라. 소나기가 올라."

참, 먹장구름 한 장이 머리 위에 와 있다. 갑자기 사면이 소란스러워진 것 같다. 바람이 우수수 소리를 내며 지나간다. 삽시간에 주위가 보랏빛으로 변했다.

산을 내려오는데, 떡갈나무 잎에서 빗방울 듣는 소리가 난다. 굵은 빗방울이었다. 목덜미가 선뜩선뜩했다. 그러자 대번에 눈앞을 가로막는 빗줄기.

비안개 속에 원두막이 보였다. 그리로 가 비를 그을 수밖에.

그러나 원두막은 기둥이 기울고 지붕도 갈래

갈래 찢어져 있었다. 그런대로 비가 덜 새는 곳을 가려 소녀를 들어서게 했다.

소녀의 입술이 파랗게 질렸다. 어깨를 자꾸 떨었다.

무명 겹저고리를 벗어 소녀의 어깨를 싸 주었다. 소녀는 비에 젖은 눈을 들어 한 번 쳐다보았을 뿐, 소년이 하는 대로 잠자코 있었다. 그리고는 안고 온 꽃묶음 속에서 가지가 꺾이고 꽃이 일그러진 송이를 골라 발밑에 버린다.

소녀가 들어선 곳도 비가 새기 시작했다. 더 거기서 비를 그을 수 없었다.

밖을 내다보던 소년이 무엇을 생각했는지 수수밭 쪽으로 달려간다. 세워 놓은 수숫단 속을 비집어 보더니, 옆의 수숫단을 날라다 덧세운다. 다시 속을 비집어 본다. 그러고는 이 쪽을 향해 손짓을 한다.

수숫단 속은 비는 안 새었다. 그저 어둡고 좁은 게 안됐다. 앞에 나앉은 소년은 그냥 비를 맞아야만 했다. 그런 소년의 어깨에서 김이 올랐다.

소녀가 속삭이듯이, 이리 들어와 앉으라고 했다. 괜찮다고 했다. 소녀가 다시, 들어와 앉으라고 했다. 할 수 없이 뒷걸음질을 쳤다. 그 바람에, 소녀가 안고 있는 꽃묶음이 망그러졌다. 그러나 소녀는 상관없다고 생각했다. 비에 젖은 소년의 몸 내음새가 확 코에 끼얹어졌다. 그러나 고개를 돌리지 않았다. 도리어 소년의 몸기운으로 해서 떨리던 몸이 적이 누그러지는 느낌이었다.

소란하던 수숫잎 소리가 뚝 그쳤다. 밖이 멀게졌다.

110

수숫단 속을 벗어 나왔다. 멀지 않은 앞쪽에 햇빛이 눈부시게 내리붓고 있었다. 도랑 있는 곳까지 와 보니, 엄청나게 물이 불어 있었다. 빛마저 제법 붉은 흙탕물이었다. 뛰어 건널 수가 없었다.

소년이 등을 돌려 댔다. 소녀가 순순히 업히었다. 걷어 올린 소년의 <u>잠방이</u>까지 물이 올라왔다. 소녀는 "어머나!" 소리를 지르며 소년의 목을 끌어안았다.

개울가에 다다르기 전에, 가을 하늘은 언제 그랬는가 싶게 구름 한 점 없이 쪽빛으로 개어 있었다.

그 뒤로는 소녀의 모습이 뵈지 않았다. 매일같이 개울가로 달려와 봐도 뵈지 않았다.

학교에서 쉬는 시간에 운동장을 살피기도 했다. 남몰래 오 학년 여자 반을 엿보기도 했다. 그러나 뵈지 않았다.

그 날도 소년은 주머니 속 흰 조약돌만 만지작거리며 개울가로 나왔다. 그랬더니 이 쪽 개울둑에 소녀가 앉아 있는 게 아닌가.

소년은 가슴부터 두근거렸다.

"그 동안 앓았다."

어쩐지 소녀의 얼굴이 <u>해쓱해져</u> 있었다.

"그 날, 소나기 맞은 탓 아냐?"

소녀가 가만히 고개를 끄덕이었다.

"인제 다 낫냐?"

"아직두⋯⋯."

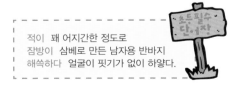

적이 꽤 어지간한 정도로
잠방이 삼베로 만든 남자용 반바지
해쓱하다 얼굴이 핏기가 없이 하얗다.

"그럼, 누워 있어야지."

"하도 갑갑해서 나왔다. ……참, 그 날 재밌었어……. 그런데 그 날 어디서 이런 물이 들었는지 잘 지지 않는다."

소녀가 분홍 스웨터 앞자락을 내려다본다. 거기에 검붉은 진흙물 같은 게 들어 있었다.

소녀가 가만히 보조개를 떠올리며,

"그래, 이게 무슨 물 같니?"

소년은 스웨터 앞자락만 바라다보고 있었다.

"내, 생각해 냈다. 그 날, 도랑을 건너면서 내가 업힌 일 있지? 그 때, 네 등에서 옮은 물이다."

소년은 얼굴이 확 달아오름을 느꼈다.

갈림길에서 소녀는

"저, 오늘 아침에 우리 집에서 대추를 땄다. 낼 제사 지내려고……."

대추 한 줌을 내준다. 소년은 주춤한다.

"맛봐라. 우리 증조할아버지가 심었다는데, 아주 달다."

소년은 두 손을 오그려 내밀며,

"참, 알두 굵다!"

"그리구 저, 우리 이번에 제사 지내고 나서 좀 있다 집을 내주게 됐다."

소년은 소녀네가 이사해 오기 전에 벌써 어른들의 이야기를 들어서, 윤 초시 손자가 서울서 사업에 실패해 가지고 고향에 돌아오지 않을 수 없게 됐다는 걸 알고 있었다. 그것이 이번에는 고향 집마저 남의 손에 넘기게 된 모양이었다.

"왜 그런지 난 이사 가는 게 싫어졌다. 어른들이 하는 일이니 어쩔 수 없지만……."

전에 없이, 소녀의 까만 눈에 쓸쓸한 빛이 떠돌았다.

소녀와 헤어져 돌아오는 길에, 소년은 혼잣속으로, 소녀가 이사를 간다는 말을 수없이 되뇌어 보았다. 무어 그리 안타까울 것도 서러울 것도 없었다. 그렇건만 소년은 지금 자기가 씹고 있는 대추알의 단맛을 모르고 있었다.

이 날 밤, 소년은 몰래 덕쇠 할아버지네 호두밭으로 갔다.

낮에 봐 두었던 나무로 올라갔다. 그리고 봐 두었던 가지를 향해 작대기를 내리쳤다. 호두송이 떨어지는 소리가 별나게 크게 들렸다. 가슴이 선뜩했다. 그러나 다음 순간, 굵은 호두야 많이 떨어져라, 많이 떨어져라, 저도 모를 힘에 이끌려 마구 작대기를 내리치는 것이었다.

돌아오는 길에는 열이틀 달이 지우는 그늘만 골라 디뎠다. 그늘의 고마움을 처음 느꼈다.

불룩한 주머니를 어루만졌다. 호두송이를 맨손으로 깠다가는 옴이 오르기 쉽다는 말 같은 건 아무렇지도 않았다. 그저 근동에서 제일가는 이 덕쇠 할아버지네 호두를 어서 소녀에게 맛보여야 한다는 생각만이 앞섰다.

그러다, 아차 하는 생각이 들었다. 소녀더러 병이 좀 낫거들랑 이사 가기 전에 한 번 개울가로 나와 달라는 말을 못 해 둔 것이었다. 바보 같은 것, 바보 같은 것.

옴 옴벌레의 기생으로 생기는 전염성 피부병
근동(近洞) 가까운 이웃 동네

이튿날, 소년이 학교에서 돌아오니, 아버지가 나들이옷으로 갈아입고 닭 한 마리를 안고 있었다.

어디 가시느냐고 물었다.

그 말에는 대꾸도 없이, 아버지는 안고 있는 닭의 무게를 겨냥해 보면서,

"이만하면 될까?"

어머니가 망태기를 내주며,

"벌써 며칠째 '걀걀' 하고 알 날 자리를 보던데요. 크진 않아두 살은 쪘을 거예요."

소년이 이번에는 어머니한테, 아버지가 어디 가시느냐고 물어보았다.

"저, 서당골 윤 초시 댁에 가신다. 제사상에라도 놓으시라고……."

"그럼 큰 놈으로 하나 가져가지. 저 얼룩 수탉으로……."

이 말에, 아버지는 허허 웃고 나서,

"인마, 그래두 이게 실속이 있다."

소년은 공연히 열쩍어, 책보를 집어 던지고는 외양간으로 가, 쇠잔등을 한 번 철썩 갈겼다. 쇠파리라도 잡는 체.

개울물은 날로 여물어 갔다.

소년은 갈림길에서 아래쪽으로 가 보았다. 갈밭머리에서 바라보는 서당골 마을은 쪽빛 하늘 아래 한결 가까워 보였다.

어른들의 말이, 내일 소녀네가 양평읍으로 이사 간다는 것이었다. 거기 가서는 조그마한 가겟방을 보게 되리라는 것이었다.

★ 소녀를 떠나보내야 하는 소년의 마음을 설명하는
대신 소년의 행동을 통해 드러내 보여 주고 있다.

소년은 저도 모르게 주머니 속 호두알을 만지작거리며, 한 손으로는
수없이 갈꽃을 휘어 꺾고 있었다.

그 날 밤, 소년은 자리에 누워서도 같은 생각뿐이었다. 내일 소녀네
가 이사하는 걸 가 보나 어쩌나. 가면 소녀를 보게 될까 어떨까.

그러다가 까무룩 잠이 들었는가 하는데,

"허, 참, 세상일도……."

마을 갔던 아버지가 언제 돌아왔는지,

"윤 초시 댁도 말이 아니야. 그 많던 전답을 다
팔아 버리고, 대대루 살아오던 집마저 남의 손에
넘기더니, 또 악상까지 당하는 걸 보면……."

남폿불 밑에서 바느질감을 안고 있던 어머니가,

"증손이라곤 계집애 그 애 하나뿐이었지요?"

"그렇지. 사내애 둘 있던 건 어려서 잃어버리고……."

"어쩌면 그렇게 자식 복이 없을까."

"글쎄 말이지. 이번 앤 꽤 여러 날 앓는 걸 약도 변변히 못 써 봤다
더군. 지금 같아선 윤 초시네두 대가 끊긴 셈이
지……. 그런데 참, 이번 계집앤 어린것이 여간 잔
망스럽지가 않어. 글쎄, 죽기 전에 이런 말을 했다
지 않아? 자기가 죽거든 자기 입던 옷을 꼭 그대
로 입혀서 묻어 달라고……."

여운이 남는 결말
소녀가 마지막으로 남긴 말 속에서 소년
과의 추억을 소중히 여기는 소녀의 마음
을 읽을 수 있다. 소녀의 죽음을 아버지의
입을 통해 알리고 슬픈 감정을 절제함으
로써 오히려 독자들에게는 긴 여운이 남
는다.

초등필수 단어장
망태기 물건을 담아 나를 수 있도록 가는
새끼나 노끈으로 성기게 엮어서 만든 물건
열쩍다 좀 겸연쩍고 부끄럽다.
책보(冊褓) 책을 싸는 보자기
까무룩 정신이 갑자기 흐려지는 모양
전답(田畓) 밭과 논
악상(惡喪) 수명을 다 누리지 못하고 젊
어서 죽은 사람의 상사. 흔히 젊어서 부모
보다 먼저 자식이 죽는 경우를 이른다.
남폿불 램프에 켜 놓은 불
잔망스럽다 나이에 어울리지 않게 얄밉도
록 맹랑하다.

1 미간
2 쪽빛
3 생채기
4 바투
5 까무룩

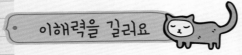
이해력을 길러요

1 소년과 소녀의 성격을 정리하여 말해 봅시다.

소년

소녀

2 소녀가 "자기가 죽거든 자기 입던 옷을 꼭 그대로 입혀서 묻어 달라고" 말한 이유는 무엇일까요?

사고력을 길러요

1 다음의 행동에서 짐작할 수 있는 등장인물의 마음속 생각을 적어 봅시다.

소녀가 물속에서 무엇을 하나 집어낸다. 하얀 조약돌이었다. 그러고는 벌떡 일어나 팔짝팔짝 징검다리를 뛰어 건너간다. 다 건너가더니만 휙 이리로 돌아서며, "이 바보." 조약돌이 날아왔다.

   소녀의 마음

소녀와 헤어져 돌아오는 길에, 소년은 혼잣속으로, 소녀가 이사를 간다는 말을 수없이 되뇌어 보았다. 무어 그리 안타까울 것도 서러울 것도 없었다. 그렇건만 소년은 지금 자기가 씹고 있는 대추알의 단맛을 모르고 있었다.

   소년의 마음

2 소설 속에서 다음 소재들은 어떤 의미를 지니는지 생각해 보세요.

조약돌	
소나기	
스웨터의 얼룩	
호두	

논리력을 길러요

1 이 소설에 '보랏빛'이 등장하는 부분을 모두 찾아 보고, 그 색깔이 어떤 분위기를 조성하고 있는지 말해 봅시다.

2 여러분이 '소년'이나 '소녀'라고 생각하고, 자신을 주인공으로 한 짧은 소설을 써 봅시다.

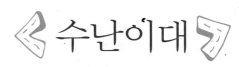

수난이대

중학 국어 1-2 [디딤돌, 신사고, 창비]
중학 국어 2-1 [지학사, 대교]
중학 국어 3-2 [대교]

지은이를 알아 보아요!

하근찬
1931~2007

하근찬 선생님은 1931년에 경상북도 영천에서 태어났습니다. 전주사범학교를 나와 몇 년간 교사로 근무했습니다.

27세에, 민족의 수난사를 집약한 단편 〈수난이대〉가 한국일보 신춘문예에 당선되면서 문단에 이름을 알리게 되었습니다. 그 후 현실적인 문제를 파고드는 작품들을 꾸준히 발표했습니다. 하근찬 선생님의 대표작으로는 〈흰 종이 수염〉, 〈왕릉과 주둔군〉, 〈삼각의 집〉 등의 단편과 태평양 전쟁과 6·25 전쟁에 희생된 한 여인의 수난사를 다룬 장편 〈야호(夜壺)〉 등이 있습니다.

하근찬 선생님은 무지하고 가난한 시골 사람들이 겪는 시대의 아픔을 보여 주면서도 해학미를 잃지 않는 작품성으로 많은 사랑을 받았습니다. 1970년에는 대한민국문학상을 수상했습니다.

박만도는 아들이 돌아온다는 소식에 신바람나게 역으로 달려
갑니다. 6 · 25 전쟁에 나갔던 아들이 전쟁이 끝나자 고향으로 돌아오는 것
입니다.

태평양 전쟁에 징용 갔다가 한 팔을 잃은 박만도는 아들이 다친 곳 없이
무사히 돌아올 것이라 믿습니다. 그러나 아들을 본 순간 아버지는 할 말을
잃고 맙니다.

박만도는 아들을 업고 외나무다리를 건너 집으로 돌아갑니다.

한국단편을 읽기 전에

'수난이대'는 하근찬 선생님이 1957년에 발표한 소설입니다.

6·25 전쟁은 1950년에 일어나 1953년에 휴전으로 끝이 났지만, 전쟁이 남긴 상처는 지워지지 않았습니다. 일제 강점이 남긴 상처도 마찬가지입니다.

태평양 전쟁 때에 강제 징용을 당한 아버지와 6·25 전쟁에 군인으로 징집된 아들. 부자의 아픔과 상실은 우리 민족의 아픈 역사를 그대로 보여 줍니다. 부자의 하루를 담은 짧은 이야기이지만, 그 안에는 우리 근대사의 아픔이 모두 담겨 있습니다.

아버지와 아들은 그대로 상처를 안고 살아가야 할 것입니다. 이 소설은 그럼에도 불구하고 씩씩하게 걸어가는 두 사람을 묵묵히 바라보고 있습니다. 또 극복을 향한 희망도 담아 내고 있습니다.

수난이대

진수가 돌아온다. 진수가 살아서 돌아온다. 아무개는 전사했다는 통지가 왔고, 아무개 아무개는 죽었는지 살았는지 통 소식도 없는데, 우리 진수는 살아서 오늘 돌아오는 것이다. 생각할수록 어깻바람이 날 일이었다. 그래 그런지 몰라도 박만도는 여느 때 같으면 아무래도 한두 군데 앉아 쉬어야 넘어설 수 있는 용머리재를 단숨에 올라채고 말았다. 가슴이 펄럭거리고 허벅지가 뻐근했다. 그러나 그는 고갯마루에서도 쉴 생각을 하지 않았다. 들 건너 멀리 바라보이는 정거장에서 연기가 물씬물씬 피어오르며 삐익 기적 소리가 들려왔기 때문이다. 아들이 타고 내려올 기차는 점심때가 가까워야 도착한다는 것을 모르는 바 아니었다. 해가 이제 겨우 산등성이 위로 한 뼘가량 떠올랐으니 오정이 되려면 아직 차례 멀었다. 그러나 그는 공연히 마음이 바빴다. 까짓것, 잠시 앉아 쉬면 뭐할 끼고.

만도는 손가락으로 한쪽 콧구멍을 찍 누르면서 팽! 마른 코를 풀어 던졌다. 그리고 휘청휘청 고갯길을 내려간다.

내리막은 오르막에 비하면 아무것도 아니었다. 대고 팔을 흔들라 치면 절로 굴러 내려가는 것이다. 만도는 오른쪽 팔만을 앞뒤로 흔들고 있었다. 왼쪽 팔은 조끼 주머니에 아무렇게나 쑤셔 넣고 있는 것이다. 삼대독자가 죽다니 말이 되나, 살아서 돌아와야 일이 옳고말고. 그런데 병원에서 나온다 하니 어디를 좀 다치기는 다친 모양이지만, 설마 나같이 이렇게야 되지 않았겠지. 만도는 왼쪽 조끼 주머니에 꽂힌 소맷자락을 내려다보았다. 그 소맷자락 속에는 아무것도 든 것이 없었다. 그저 소맷자락만이 어깨 밑으로 덜렁 처져 있는 것이다. 그래서 노상 그 쪽은 조끼 주머니 속에 꽂혀 있는 것이다. 볼기짝이나 장딴지 같은 데를 총알이 약간 스쳐 갔을 따름이겠지. 나처럼 팔뚝 하나가 몽땅 달아날 지경이었다면 엄살스런 놈이 견뎌 냈을 턱이 없고말고. 슬며시 걱정이 되기도 하는 듯, 그는 속으로 이런 소리를 주워섬겼다.

내리막길은 빨랐다. 벌써 고갯마루가 저만큼 높이 쳐다보였다. 산모퉁이를 돌아서면 이제 들판이다.

내리막길을 쏘아 내려온 기운 그대로, 만도는 들길을 잰걸음 쳐 나가다가 개천 둑에 이르러서야 걸음을 멈추었다. 외나무다리가 놓여 있는 조

알고 나면 더 재밌어요!

아들을 맞으러 가는 길
박만도가 아들을 맞으러 역으로 가는 길을 따라가 보자. 쉬지도 않고 용머리재를 오르고 단숨에 내리막길을 내려온다. 아들이 살아 돌아온다는 소식에 들떠 있는 아버지의 심정을 함께 느껴 보자. 몸이 불편한 박만도이지만 발걸음이 매우 가볍다.

그마한 시냇물이었다. 한
여름 장마철에 들어설라치면
배꼽이 묻히는 수도 있었지마는,
요즈음엔 무릎이 잠길 듯 말 듯한 물
이었다. 가을이 깊어지면서부터 물
은 밑바닥이 환히 들여다보일 만큼 맑
아져 갔다. 소리도 없이 미끄러져 내려가는
물을 가만히 내려다보고 있으면 절로 이가 시
려 온다.
만도는 물기슭에 내려가서 쭈그리고 앉아 한 손
으로 고의춤을 풀어헤쳤다. 오줌을 찌익 갈기는 것이
다. 거울 면처럼 맑은 물 위에 오줌이 가
서 부글부글 끓어오르며 뿌우
연 거품을 이루니 여기저기
서 물고기 떼가 모여

든다. 제법 엄지손가락만 한 피리도 여러 마리다.
한 바가지 잡아서 회 쳐 놓고 한잔 쭈욱 들이켰으
면……, 군침이 목구멍에서 꿀꺽했다. 고기 떼를
향해서 마른 코를 팽팽 풀어 던지고, 그는 외나무
다리를 조심히 디뎠다.

고의춤 고의나 바지의 허리를 접어서
여민 사이
피리 '송사리'의 사투리
사타구니 두 다리가 배 아래에서 만나
는 부분

　길이가 얼마 되지 않는 다리였으나, 아래로 물을 내려다보면 제법
아찔했다. 그는 이 외나무다리를 퍽 조심했다.

　언젠가 한번 읍에서 술이 꽤 되어 가지고 흥청거리며 돌아오다가 물
에 굴러떨어진 일이 있었던 것이다. 지나치는 사람이 없었기에 망정이
지 누가 보았더라면 큰 웃음거리가 될 뻔했었다. 발목 하나를 약간 접
쳤을 뿐, 크게 다친 데는 없었다. 이른 가을철이었기 때문에 옷을 벗어
둑에 널어 놓고 말릴 수는 있었으나, 여간 창피스러운 것이 아니었다.
옷이 말짱 젖었다거나 옷이 마를 때까지 발가벗고 기다려야 한다거나
해서가 아니었다. 팔뚝 하나가 몽땅 잘려 나간 흉측한 몸뚱어리를 하늘
앞에 드러내 놓고 있어야 했기 때문이었다. 지나치는 사람이 있을라치
면 하는 수 없이 물속으로 뛰어 들어가서 얼굴만 내놓고 앉
아 있었다. 물이 선뜩해서 아래턱이 덜덜거렸으나,
오그라 붙는 사타구니께를 한 손으로 꽉 움켜쥐고
버티는 수밖에 없었다.

"ㅎㅎㅎ……."

그 때 일을 생각하면 지금도 곧 웃음이 터져 나온다. 하늘로 쳐들린 콧구멍이 연방 벌름거렸다.

개천을 건너서 논두렁길을 한참 부지런히 걸어가노라면 읍으로 들어가는 한길이 나선다. 도로변에 먼지를 부옇게 덮어쓰고 도사리고 앉아 있는 초가집은 주막이다. 만도가 읍에 나올 때마다 꼭 한 번씩 들르곤 하는 단골집인 것이다. 이 집 눈썹이 짙은 여편네와는 예사로 농을 주고받는 사이다.

술방 문턱을 넘어서며 만도가,

"서방님 들어가신다."

하면 여편네는,

"아이 문둥아, 어서 오느라."

하는 것이 인사처럼 되어 있었다. 만도는 여간 언짢은 일이 있어도 이 여편네의 궁둥이 곁에 가서 앉으면 속이 저절로 쑥 내려가는 것이었다.

주막 앞을 지나치면서 만도는 술방 문을 열어 볼까 했으나, 방문 앞에 신이 여러 켤레 널려 있고, 방 안에서 웃음소리가 요란하기 때문에 돌아오는 길에 들르기로 하였다.

신작로에 나서면 금세 읍이었다. 만도는 읍 들머리에서 잠시 망설이다가, 정거장 쪽과는 반대되는 방향으로 걸음을 옮겼다. 장거리를 찾아가는 것이었다. 진수가 돌아오는데 고등어나 한 손 사 가지고 가야 될 게 아닌가 싶

한길 차와 사람이 많이 다니는 넓은 길
농(弄) 우스갯소리를 하거나 장난스럽게 놀리는 일
신작로(新作路) 지난날, 자동차가 다닐 수 있을 정도로 넓게 새로 낸 길을 이르던 말
들머리 들어가는 맨 첫머리
장거리 장이 서는 거리
손 한 손에 잡을 만한 분량을 세는 단위
대합실(待合室) 역, 터미널, 공항, 부두 등에 사람들이 열차, 버스, 비행기, 배 등을 기다리면서 쉴 수 있도록 마련해 놓은 방

어서였다. 장날은 아니었으나, 고깃전에는 없는 고기가 없었다. 이것을 살까 하면 저것이 좋아 보이고, 그것을 사러 가면 또 그 옆의 것이 먹음 직해 보였다. 한참 이리저리 서성거리다가 결국은 고등어 한 손이었다. 그것을 달랑달랑 들고 정거장을 향해 가는데, 겨드랑 밑이 간질간질해 왔다. 그러나 한쪽밖에 없는 손에 고등어를 들었으니 참 딱했다. 어깻 죽지를 연방 위아래로 움직거리는 수밖에 없었다.

정거장 대합실에 들어선 만도는 먼저 벽에 걸린 시계부터 바라보았다. 2시 20분이었다. 벌써 2시 20분이라니 내가 잘못 보나……. 아무리 두 눈을 씻고 보아도 시계는 틀림없는 2시 20분인 것이었다. 한쪽 걸상에 가서 궁둥이를 붙이면서도 곧장 미심쩍어했다. 2시 20분이라니, 그럼 벌써 점심때가 지났단 말인가. 말도 아닌 것이다. 자세히 보니 시계는 유리가 깨어졌고, 먼지가 꺼멓게 앉아 있었다. 그러면 그렇지, 엉터리였다. 벌써 그렇게 되었을 리가 없는 것이다.

"여보이소, 지금 몇 싱교?"

맞은편에 앉은 양복쟁이한테 물어보았다.

"10시 40분이오."

"예, 그렁교."

만도는 고개를 굽실하고는 두 눈을 연방 껌벅거렸다. 10시 40분이라, 보자……, 그러면 아직도 한 시간이나 남았구나. 그는 이제 안심이되는 듯 후유 숨을 내쉬었다. 궐련을 한 개 빼 물고 불을 댕겼다.

정거장 대합실에 와서 이렇게 도사리고 앉아 있노라면, 만도는 곧잘 생각하는 일이 한 가지 있었다. 그 일이 머리에 떠오르면 등골을 찬 기운이 쫙 스쳐 내려가는 것이었다. 손가락이 시퍼렇게 굳어진, 이끼 낀 나무토막 같은 팔뚝이 지금도 저만큼 눈앞에 보이는 듯했다.

☆ 박만도가 팔을 잃게 된 경위에 대해 이야기를 시작 하려 하는 부분이다. 이제부터 과거로 돌아간다.

바로 이 정거장 마당에 백 명 남짓한 사람들이 모여 웅성거리고 있었다. 그 중에는 만도도 섞여 있었다. 기차를 기다리고 있는 것이었으나, 그들은 모두 자기네들이 어디로 가는 것인지 알지를 못했다. 그저 차를 타라면 탈 사람들이었다. 징용에 끌려 나가는 사람들이었다. 그러니까 지금으로부터 십삼사 년 옛날의 이야기인 것이다.

북해도 탄광으로 갈 것이라는 사람도 있었고, 틀림없이 남양 군도로 간다는 사람도 있었다. 더러는 만주로 가면 좋겠다고 하기도 했다. 만도는

알고 나면 더 재밌어요!

태평양 전쟁과 강제 징용
일제 강점 말기, 일본은 연합국을 상대로 태평양 전쟁을 벌이며 우리 나라의 많은 젊은이들을 전쟁에 끌고 갔다. 150만 명에 달하는 젊은이들이 강제 노동에 동원되었으며, 많은 젊은 여성들이 위안부로 끌려 갔다.

☆ 홋카이도. 일본 열도의 가장 북쪽에 있는 큰 섬 과 그 주변 섬들.

☆ 당시 일제가 통치하고 있던, 필리핀 동쪽 군방의 섬들을 이룬다. 태평양 전 쟁의 격전지였다. 남양 군도에 끌려 간 이들은 주로 비행장 건설과 사탕수 수 재배에 투입되었다.

북해도가 아니면 남양 군도일 것이고, 거기도 아니면 만주겠지, 설마 저희들이 하늘 밖으로야 끌고 가겠느냐고, 아무렇지도 않은 듯이 그 들창코로 담배 연기를 푹푹 내뿜고 있었다. 그러나 마음이 좀 덜 좋은 것은 마누라가 저 쪽 변소 모퉁이 벚나무 밑에 우두커니 서서 한눈도 안 팔고 이 쪽만을 바라보고 있는 때문이었다. 그래서 그는 주머니 속에 성냥을 두고도 옆 사람에게 불을 빌리자고 하며 슬며시 돌아서 버리곤 했다.

플랫폼으로 나가면서 뒤를 돌아보니, 마누라는 울 밖에 서서 수건으로 코를 눌러 대고 있는 것이었다. 만도는 코허리가 찡했다. 기차가 꽥꽥 소리를 지르면서 덜커덩! 하고 움직이기 시작했을 때는 정말 덜 좋았다. 눈앞이 뿌우옇게 흐려지는 것을 어쩌지 못했다. 그러나 정거장이 까맣게 멀어져 가고, 차창 밖으로 새로운 풍경이 휙휙 날아들자, 그제야 아무렇지도 않아지는 것이었다. 오히려 기분이 유쾌해지는 것 같기도 했다.

바다를 본 것도 처음이었고, 그처럼 큰 배에 몸을 실어 본 것은 더구나 처음이었다. 배 밑창에 엎드려서 꽥꽥 게워 내는 사람들이 많았으나, 만도는 그저 골이 좀 띵했을 뿐 아무렇지도 않았다. 더러는 하루에 두 개씩 주는 뭉칫밥을 남기기도 했으나, 그는 한꺼번에 하루 것을 뚝딱해도 시원찮았다.

모두들 내릴 준비를 하라는 명령이 떨어진 것은 사흘째 되는 날 황혼 때였다. 제각기 봇짐을 챙기

> 초등필수 단어장
> 양복쟁이 양복 입은 사람을 낮잡아 이르는 말
> 궐련(卷煙) 얇은 종이로 가늘고 길게 말아 놓은 담배
> 징용(徵用) 전쟁을 할 때나 비상시에 국가가 강제로 사람을 데려다 쓰는 일
> 플랫폼(platform) 역에서, 승객이 열차를 타고 내리기 쉽도록 철로 옆으로 설치해 놓은 장소
> 게우다 삼킨 음식을 도로 입 밖으로 내놓다.
> 봇짐 물건을 보자기에 싼 짐

기에 바빴다. 만도는 호박 덩이만 한 보따리를 옆구리에 덜렁 찼다. 갑판 위에 올라가 보니 하늘은 활활 타오르고 있고, 바닷물은 불에 녹은 쇠처럼 벌겋게 출렁거리고 있었다. 지금 막 태양이 물 위로 뚝 떨어져 가는 중이었다. 햇덩어리가 어쩌면 그렇게 크고 붉은지 정말 처음이었다. 그리고 바다 위에 주황빛으로 번쩍거리는 커다란 산이 둥둥 떠 있는 것이었다. 무시무시하도록 황홀한 광경에 모두들 딱 벌어진 입을 다물 줄 몰랐다. 만도는 어깨마루를 버쩍 들어 올리면서 히야, 고함을 질러 댔다. 그러나 섬에서 그들을 기다리고 있는 것은 숨 막히는 더위와 강제 노동과 그리고 잠자리만씩이나 한 모기떼……, 그런 것뿐이었다.

섬에다가 비행장을 닦는 것이었다. 모기에게 물려 혹이 된 자리를 벅벅 긁으며 비 오듯 쏟아지는 땀을 무릅쓰고 아침부터 해가 떨어질 때까지 산을 허물어 내고, 흙을 나르고 하기란 고향에서 농사일에 뼈가 굳어진 몸에도 이만저만한 고역이 아니었다. 물도 입에 맞지 않았고, 음식도 이내 변하곤 해서 도저히 견디어 낼 것 같지가 않았다. 게다가 병까지 돌았다. 일을 하다가도 벌떡 자빠지기가 예사였다. 그러나 만도는 아침저녁으로 약간씩 설사를 했을 뿐 넘어지지는 않았다. 물도 차츰 입에 맞아 갔고, 고된 일도 날이 감에 따라 몸에 배어드는 것이었다. 밤에 날개를 치며 몰려드는 모기떼만 아니면 그냥저냥 배겨 내겠는데, 정말 그 놈의 모기들만은 질색이었다.

사람의 힘이란 무서운 것이었다. 그처럼 험난하던 산과 산 틈바구니에 비행장을 닦아 내고야 말았던 것이다. 그러나 일은 그것으로 끝나는 것이 아니고, 오히려 더 벅찬 일이 기다리고 있었다. 연합군의 비행기

130

가 날아들면서부터 일은 밤중까지 계속되었다. 산허리에 굴을 파 들어가는 작업이었다. 비행기를 집어넣을 굴이었다. 그리고 모든 시설을 다 굴 속으로 옮겨야 하는 것이었다.

여기저기서 다이너마이트 튀는 소리가 산을 흔들어 댔다. 앵앵앵 하고 공습경보가 나면 일을 하던 손을 놓고 모두 굴 바닥에 납작납작 엎드려 있어야 했다. 비행기가 돌아갈 때까지 그러고 있는 것이었다. 어떤 때는 근 한 시간 가까이나 엎드려 있어야 하는 때도 있었는데, 차라리 그것이 얼마나 편한지 몰랐다. 그래서 더러는 공습이 있기를 은근히 기다리기도 했다. 때로는 공습경보의 사이렌을 듣지 못하고 그냥 일을 계속하는 수도 있었다. 그럴 때면 모두 큰 손해를 보았다고 야단들이었다. 어떻게 된 셈인지 사이렌이 미처 불기 전에 비행기가 산등성이를 넘어 들이닥치는 수도 있었다. 그럴 때는 정말 질겁을 했다. 가장 많이 피해를 낸 것도 그런 경우였다. 만도가 한쪽 팔뚝을 잃어버린 것도 바로 그런 때의 일이었다.

여느 날과 다름없이 굴 속에서 바위를 허물어 내고 있었다. 바위 틈서리에 구멍을 뚫어서 다이너마이트 장치를 하는 것이었다. 장치가 다 되면 모두 바깥으로 나가고, 한 사람만 남아서 불을 댕기는 것이다. 그리고 그것이 터지기 전에 얼른 밖으로 뛰어나와야 한다.

만도가 불을 댕기는 차례였다. 모두 바깥으로 나가 버린 다음 그는 성냥을 꺼냈다. 그런데 웬 영문인지 기분이 꺼림칙했다. 모기에 물린 자리가

초등필수
단어장

고역(苦役) 힘들고 괴로운 일
연합군 일본, 독일 등에 대항하기 위해 미국, 영국, 소련, 중국 등이 연합한 군대
다이너마이트(dynamite) 니트로글리세린을 주원료로 하는, 길쭉하고 둥근 몸통에 심지가 달린 폭약. 스웨덴의 노벨이 발명했다.
근(近) 수량을 나타내는 말 앞에서 그 수량에 거의 가까움을 나타내는 말

자꾸 쑥쑥 쑤시는 것이 아닌가. 긁적긁적 긁어 댔으나 도무지 시원한 맛이 없었다. 그는 이맛살을 찌푸리면서 성냥을 득! 그었다. 그래 그런지 몰라도 불은 이내 픽 하고 꺼져 버렸다. 성냥 알맹이 네 개째에서 겨우 심지에 불이 댕겨졌다. 심지에 불이 붙는 것을 보자, 그는 얼른 몸을 굴 밖으로 날렸다. 바깥으로 막 나서려는 때였다. 산이 무너지는 듯한 소리와 함께 사나운 바람이 귓전을 후려갈기는 것이었다. 만도는 정신이 아찔했다. 공습이었던 것이다. 산등성이를 넘어 달려든 비행기가 머리 위로 아슬아슬하게 지나가는 것이었다. 미처 정신을 차리기도 전에 또 한 대가 뒤따라 날아드는 것이 아닌가. 만도는 그만 넋을 잃고 굴 안으로 도로 달려 들어갔다. 달려 들어가서 굴 바닥에 엎드리고 말았다. 그 순간이었다. 쾅! 굴 안이 미어지는 듯하면서 다이너마이트가 터졌다. 만도의 두 눈에서 불이 번쩍했다.

만도가 어렴풋이 눈을 떠 보니, 바로 거기 눈앞에 누구의 것인지 모를 팔뚝이 하나 아무렇게나 던져져 있었다. 손가락이 시퍼렇게 굳어져서 마치 이끼 낀 나무토막처럼 보이는 팔뚝이었다. 만도는 그것이 자기의 어깨에 붙어 있던 것인 줄을 알자, 그만 으악! 정신을 잃어버렸다. 재차 눈을 떴을 때는 그는 푹신한 담요 속에 누워 있었고, 한쪽 어깻죽지가 못 견디게 쿡쿡 쑤셔 댔다. 절단 수술이 이미 끝난 뒤였다.

꽤애액 기적 소리였다. 멀리 산모퉁이를 돌아오는가 보다. 만도는 자리를 털고 벌떡 일어서며 옆에 놓아둔 고등어를 집어 들었다. 기적 소리가 가까워질수록 그의 가슴이 울렁거렸다. 대합실 밖으로 뛰어나가 플랫

폼이 잘 보이는 울타리 쪽으로 가서 발돋움을 했다.

땡땡땡 종이 울리자, 잠시 후 차는 소리를 지르면서 들이닥쳤다. 기관차의 옆구리에서는 김이 픽픽 풍겨 나왔다. 만도의 얼굴은 바짝 긴장되었다. 시커먼 열차 속에서 꾸역꾸역 사람들이 밀려 나왔다. 꽤 많은 손님이 쏟아져 내리는 것이었다. 만도의 두 눈은 곧장 이리저리 굴렀다. 그러나 아들의 모습은 쉽사리 눈에 띄지가 않았다. 저 쪽 출입구로 밀려가는 사람들의 물결 속에 두 개의 지팡이를 짚고 절룩거리면서 걸어 나가는 상이군인이 있었으나, 만도는 그 사람에게 주의가 가지는 않았다.

기차에서 내릴 사람은 모두 내렸는가 보다. 이제 미처 차에 오르지 못한 사람들이 플랫폼을 이리저리 서성거리고 있을 뿐인 것이다. 그 놈이 거짓으로 편지를 띄웠을 리는 없는 건데……, 만도는 자꾸 가슴이 떨렸다. 이상한 일인데……, 하고 있을 때였다. 분명히 뒤에서,

"아부지!"

부르는 소리가 들렸다. 만도는 깜짝 놀라며 얼른 뒤를 돌아보았다. 그 순간 만도의 두 눈은 무섭도록 크게 떠지고, 입은 딱 벌어졌다. 틀림없는 아들이었으나, 옛날과 같은 진수가 아니었다. 양쪽 겨드랑이에 지팡이를 끼고 서 있는데, 스쳐 가는 바람결에 한쪽 바짓가랑이가 펄럭거리는 것이 아닌가.

만도는 눈앞이 노오래지는 것을 어쩌지 못했다. 한참 동안 그저 멍멍하기만 하다가, 코허리가 찡해

알고 나면
더 재밌어요!

박만도를 통해 보는
시대의 아픔
기적 소리와 함께 박만도의 회상이 끝나고 다시 현재로 돌아온다. 박만도가 팔을 잃어버린 이유가 일제 강점기에 전쟁에 동원되어 강제 노동을 하던 중에 사고를 당했기 때문임을 알 수 있었다. 당시에 많은 이들이 강제 징용에서 목숨을 잃고 결국 돌아오지 못했다. 이 소설은 박만도를 통해 우리 민족이 겪은 아픔을 보여 주고 있다.

초등필수
단어장

귓전 귓바퀴의 가장자리
재차(再次) 두 번 거듭하여
상이군인(傷痍軍人) 전쟁에서 몸을 다친 군인

지면서 두 눈에 뜨거운 것이 핑 도는 것이었다.

　"예라이 이 놈아."

　만도의 입술에서 모질게 튀어나온 첫마디였다. 떨리는 목소리였다. 고등어를 든 손이 불끈 주먹을 쥐고 있었다.

　"이기 무슨 꼴이고, 이기."

　"아부지!"

　"이 놈아, 이 놈아……."

　만도의 들창코가 크게 벌름거리다가 훌쩍 물코를 들이마셨다.

　진수의 두 눈에서는 어느 결에 눈물이 꾀죄죄하게 흘러내리고 있었다. 만도는 모든 게 진수의 잘못이기나 한 듯 험한 얼굴로,

　"가자, 어서!"

무뚝뚝한 한마디를 던지고는 성큼성큼 앞장을 서 가는 것이었다.

　진수는 입술에 내려와 묻는 짭짤한 것을 혀끝으로 날름 핥아 버리면서 절름절름 아버지의 뒤를 따랐다.

앞장서 가는 만도는 뒤따라오는 진수를 한 번도 돌아보지 않았다. 한 눈을 파는 법도 없었다. 무겁디무거운 짐을 진 사람처럼 땅바닥만을 내려다보며 이따금 끙끙거리면서 부지런히 걸어만 가는 것이다. 지팡이에 몸을 의지하고 걷는 진수가 성한 사람의, 게다가 부지런히 걷는 걸음을 당해 낼 수는 도저히 없었다. 한 걸음 두 걸음씩 뒤지기 시작한 것이 그만 작은 소리로 불러서는 들리지 않을 만큼 떨어져 버리고 말았다. 진수는 목구멍에서 왈칵 넘어오려는 뜨거운 기운을 참느라고 어금니를 야물게 깨물어 보기도 하였다. 그리고 두 개의 지팡이와 한 개의

다리를 열심히 움직여 대는 것이었다.

앞서 간 만도는 주막집 앞에 이르자, 비로소 한 번 뒤를 돌아보았다. 진수는 오다가 나무 밑의 그늘에서 오줌을 누고 있었다. 지팡이는 땅바닥에 던져 놓고, 한쪽 손으로는 볼일을 보고, 한쪽 손으로는 나무둥치를 안고 있는 꼬락서니가 을씨년스럽기 이를 데 없었다. 만도는 눈살을 찌푸리며 으음 신음 소리 비슷한 무거운 소리를 토했다. 그리고 술방 앞으로 가서 방문을 왈칵 잡아당겼다.

기역 자 판 안에 도사리고 앉아서 속옷을 뒤집어 이를 잡고 있던 여편네가 킥 웃으며 후닥닥 옷섶을 여몄다. 그러나 만도는 웃지를 않았다. 방문턱을 넘어서면서도 서방님 들어가신다는 소리를 내뱉지 않았다. 이처럼 뚝뚝한 얼굴을 하고 이 술방에 들어서기란 아마 처음 일일 것이다. 여편네가 멋도 모르고,

"오늘은 서방님 아닌가 배."

하고 킬룩 웃었으나, 만도는 으음 또 무거운 신음 소리를 했을 뿐이었다.

기역 자 판 앞에 가서 쭈그리고 앉기가 바쁘게,

"빨리빨리."

재촉이었다.

"하따나, 어지간히도 바쁜가 배."

"빨리 곱빼기로 한 사발 달라니까구마."

"오늘은 와 이카노?"

여편네가 건네주는 술 사발을 받아 들며, 만도는 후유 숨을 크게 내

쉬었다. 그리고 입을 얼른 사발로 가져갔다. 꿀꿀꿀 잘도 넘어간다. 그 큰 사발을 단숨에 비워 버리고는 도로 여편네 앞으로 불쑥 내민다.

그렇게 거들빼기로 석 잔을 해치우고서야 으으윽 게트림을 했다. 여편네가 눈을 휘둥그레 가지고 혀를 내둘렀다. 빈속에 술을 그처럼 때려 마시고 보니 금세 눈두덩이 확확 달아오르고, 귀뿌리가 발갛게 익어 갔다.

술기가 얼근하게 돌자, 이제 좀 속이 풀리는 것 같아 방문을 열고 바깥을 내다보았다. 진수는 이마에 땀을 척척 흘리면서 저만큼 오고 있었다.

"진수야!"

버럭 소리를 질렀다.

"이리 들어와 보래."

진수는 아무런 대꾸도 없이 어기적어기적 다가왔다.

다가와서 방문턱에 걸터앉으니까 여편네가 보고,

"방으로 좀 들어오이소."

한다.

"여기 좋심더."

그는 수세미 같은 손수건으로 이마와 코언저리를 아무렇게나 훔친다.

"마, 아무 데서나 묵어라. 저, 국수 한 그릇 말아 주소."

"야."

"곱빼기로 잘 좀……, 참지름도 치소, 잉?"

"야아."

여편네는 코로 히죽 웃으면서 만도의 옆구리를 살짝 꼬집고는, 소쿠리에서 삶은 국수 두 뭉텅이를

> **핫드립스 디 세 짐**
> 판 '상'의 경상도 사투리
> 뚝뚝하다 말씨나 성격이 정답거나 부드러운 맛이 없다.
> 거들빼기 '연거푸'의 경상도 사투리
> 게트림 거만스럽게 거드름을 피우며 하는 트림

집어 든다.

　진수가 국수를 훌훌 끌어 넣고 있을 때, 여편네는 만도의 귓전으로 얼굴을 살짝 갖다 댄다.

　"아들인가?"

　만도는 고개를 약간 앞뒤로 끄덕거렸을 뿐 좋은 기색을 하지 않았다.

　진수가 국물을 훌쩍 들이마시고 나자 만도는,

　"한 그릇 더 묵을래?"

한다.

　"아니예."

　"한 그릇 더 묵지 와?"

　"고만 묵을랍니다."

　진수는 입술을 썩 닦으며 부스스 자리에서 일어났다.

　주막을 나선 그들 부자는 논두렁길로 접어들었다. 조금 전처럼 만도가 앞장을 서는 것이 아니라, 이번에는 진수를 앞세웠다. 지팡이를 짚고 기우뚱기우뚱 앞서 가는 아들의 뒷모습을 바라보며 팔뚝이 하나밖에 없는 아버지가 느릿느릿 따라가는 것이다. 손에 매달린 고등어가 곧장 달랑달랑 춤을 춘다. 너무 급하게 들이부어서 그런지 만도의 뱃속에서는 우글우글 술이 끓고, 다리가 휘청거린다. 콧구멍으로 더운 숨을 훅훅 내뿜어 본다. 정신이 아른하다. 좋다.

　"진수야!"

　"예."

　"니 우짜다가 그래 됐노?"

138

☆ 이 전쟁은 1950년부터 1953년까지 이어졌던 6·25 전쟁을 말한다. 진수의 수난 역시 우리의 아픈 역사와 관련이 있다.

"전쟁하다가 이래 안 됐십니꺼. 수류탄 쪼가리에 맞았심더."

"수류탄 쪼가리에?"

"예."

"음……."

"얼른 낫지 않고 막 썩어 들어가기 땜에 군의관이 짤라 버립디더, 병원에서예."

"……."

"아부지!"

"와?"

"이래 가지고 나 우째 살까 싶습니더."

"우째 살긴 뭘 우째 살아. 목숨만 붙어 있으면 다 사는 기다. 그런 소리 하지 마라."

"……."

"나 봐라, 팔뚝이 하나 없어도 잘만 안 사나. 남 봄에 좀 덜 좋아서 그렇지, 살기사 와 못 살아."

"차라리 아부지같이 팔이 하나 없는 편이 낫겠어예. 다리가 없어 노니 첫째 걸어 댕기기가 불편해서 똑 죽겠심더."

"야야, 안 그렇다. 걸어 댕기기만 하면 뭐 하노. 손을 제대로 놀려야 일이 뜻대로 되지."

"그럴까예?"

"그렇다니까. 그러니까 집에 앉아서 할 일은 니가 하고, 나댕기메 할 일은 내가 하고, 그라면 안 되겠나,

부자(父子) 아버지와 아들을 함께 이르는 말
군의관(軍醫官) 의사로서 군대에서 의료를 맡아보는 장교

그제?"

"예."

진수는 가벼운 한숨을 내쉬며 아버지를 돌아보았다. 만도는 돌아보
는 아들의 얼굴을 향해서 지그시 웃어 주었다.

술을 마시고 나면 이내 오줌이 마려워진다. 만도는 길가에 아무렇게
나 쭈그리고 앉아서 고기 묶음을 입에 물려고 한다. 그것을 본 진수는,

"아부지, 그 고등어 이리 주이소."

한다.

팔이 하나밖에 없는 몸으로 물건을 손에 든 채 소변을 볼 순 없는 것
이다. 아버지가 볼일을 마칠 때까지 진수는 저만큼 떨어져 서서 지팡이
를 한쪽 손에 모아 쥐고, 다른 손으로는 고등어를 들고 있었다. 볼일을
다 본 만도는 얼른 가서 아들의 손에서 고등어를 다시 받아 든다.

개천 둑에 이르렀다. 외나무다리가 놓여 있는 그 시냇물이다. 진수는
슬그머니 걱정이 되었다. 물은 그렇게 깊은 것 같지 않지만, 밑바닥이
모래흙이어서 지팡이를 짚고 건너가기가 만만할 것 같지 않기 때문이
다. 외나무다리는 도저히 건너갈 재주가 없고…… 진수는 하는 수 없
이 둑에 퍼지르고 앉아서 바짓가랑이를 걷어 올리기 시작했다.

만도는 잠시 멀뚱히 서서 아들의 하는 양을 내려다보고 있다가,

"진수야, 그만두고, 자아, 업자."

하는 것이었다.

"업고 건느면 일이 다 되는 거 아니가. 자아, 이거 받아라."

고등어 묶음을 진수 앞으로 내민다.

진수는 퍽 난처해하면서 못 이기는 듯이 그것을 받아 들었다. 만도는 등어리를 아들 앞에 갖다 대고 하나밖에 없는 팔을 뒤로 버쩍 내밀며,

"자아, 어서!"

했다.

진수는 지팡이와 고등어를 각각 한 손에 쥐고, 아버지의 등어리로 가서 슬그머니 업혔다. 만도는 팔뚝을 뒤로 돌리면서 아들의 하나뿐인 다리를 꼭 안았다. 그리고,

"팔로 내 목을 감아야 될 끼다."

했다.

진수는 무척 황송한 듯 한쪽 눈을 찍 감으면서 고등어와 지팡이를 든 두 팔로 아버지의 목줄기를 부둥켜안았다.

만도는 아랫배에 힘을 주며 끙 하고 일어났다. 아랫도리가 약간 후들거렸으나 걸어갈 만은 했다. 외나무다리 위로 조심조심 발을 내디디며 만도는 속으로, '이제 새파랗게 젊은 놈이 벌써 이게 무슨 꼴이고. 세상을 잘못 만나서 진수 니 신세도 참 똥이다 똥.' 이런 소리를 주워섬겼고, 아버지의 등에 업힌 진수는 곧장 미안스러운 얼굴을 하며,

'나꺼정 이렇게 되다니 아부지도 참 복도 더럽게 없지. 차라리 내가 죽어 버렸더라면 나았을 낀데…….'

알고 나면 더 재밌어요!

아들을 업고 돌아오는 길

신 나게 역으로 향했던 박만도는 아들의 부상을 알고는 상심하여 돌아온다. 그러나 조금씩 힘을 내어 기운을 되찾고, 혼자서도 건너기 힘들어했던 외나무다리를 아들을 업은 채 건너간다. '수난이대'는 부자의 2대에 걸친 수난을 보여 주고 있다. 일제에 나라를 빼앗긴 아버지 대의 수난과 6·25 전쟁이라는 아들 대의 수난으로 각각 한 팔과 한 다리를 잃은 부자가 위태롭게 외나무다리를 건너는 모습을 보며 우리의 아픈 역사를 돌아보게 된다. 그러나 박만도는 징용에 끌려가면서도 꿋꿋함을 잃지 않는, 나약하지만 강한 잡초 같은 사람이다. 다리를 잃은 아들을 업고 외나무다리를 건너는 박만도를 보며 시대의 상처를 이겨 내는 힘을 읽을 수 있다.

하고 속으로 중얼거렸다.

　만도는 아직 술기가 약간 있었으나, 용케 몸을 가누며 아들을 업고
외나무다리를 조심조심 건너가는 것이었다.

　눈앞에 우뚝 솟은 용머리재가 이 광경을 가만히 내려다보고 있었다.

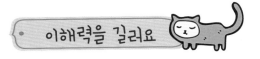

짧은 글 짓기를 해 보아요

1 올라채다

2 주워섬기다

3 한길

4 귓전

5 뚝뚝하다

이해력을 길러요

1 제목 '수난이대'의 한자를 사전에서 찾아 적어 봅시다.

   수난   이대

2 이 소설에 등장하는 두 전쟁에 대해 좀 더 조사해 봅시다. 전쟁이 일어난 이유는 무엇
   이며 피해는 어느 정도였나요?

   태평양 전쟁

   6 · 25 전쟁

사고력을 길러요

1 소설을 읽고 나면 제목 '수난이대'가 의미하는 것이 무엇인지 파악할 수 있습니다. 여러분이 파악한 제목의 의미를 적어 봅시다.

2 다음 구절을 보아 박만도의 성격은 어떠한가요?

• 만도는 북해도가 아니면 남양 군도일 것이고, 거기도 아니면 만주겠지, 설마 저희들이 하늘 밖으로야 끌고 가겠느냐고, 아무렇지도 않은 듯이 그 들창코로 담배 연기를 풍풍 내뿜고 있었다.

• "그렇다니까. 그러니까 집에 앉아서 할 일은 니가 하고, 나댕기메 할 일은 내가 하고, 그라면 안 되겠나, 그제?"

논리력을 길러요

1 전쟁은 한 국가의 수난이면서 동시에 각 개인들에게 씻을 수 없는 상처를 남기는 것입니다. 지금도 세계 어느 곳에서는 전쟁이 일어나고 있습니다. 이에 대해 생각해 보는 기회를 갖고, 자유롭게 자신의 의견을 말해 보세요.

2 우리 민족이 겪은 수난의 역사를 지금 우리가 알아야 하는 이유가 무엇인지 생각해 보고 자신의 의견을 말해 봅시다.

기억 속의 들꽃

중학 국어 1-2 [대교]
중학 국어 2-1 [신사고]
중학 국어 2-2 [천재교육]

지은이를 알아 보아요!

윤흥길
1942~

　윤흥길 선생님은 전라북도 정읍에서 태어났습니다. 숭신여자중고등학교 교사와 일조각 편집위원을 지냈으며, 소설 〈회색 면류관의 계절〉이 한국일보 신춘문예에 당선되며 문단에 등장했습니다.

　윤흥길 선생님의 많은 작품에는 한국 현대사에 대한 예리한 통찰과 부조리한 산업 사회에 대한 비판이 담겨 있습니다. 그것을 절도 있는 문체로 표현해 내 예술적인 성과도 이루어 냈습니다.

　대표작으로는 〈아홉 켤레의 구두로 남은 사내〉, 〈장마〉, 〈완장〉 등이 있으며 한국문학작가상, 한국창작문학상, 현대문학상 등을 수상했습니다.

줄거리를
읽어 봐요!

　　마을에 피란민들이 몰려오고, 명선이는 친척들과 떨어져 우리
마을에 혼자 남게 됩니다. 명선이는 금가락지를 준 대가로 우리 집에 얹혀
살게 되었습니다.

　　그러나 전쟁으로 살림이 어려운 우리 집에서는 명선이를 쫓아내고 싶어
합니다. 밥 얻어먹기가 힘들어지자 명선이는 금반지를 하나 더 내밉니다.

　　곧 마을에는 명선이가 금반지를 많이 가지고 있다는 소문이 돕니다. 마을
어른들은 명선이의 금반지를 빼앗으려고 혈안이 됩니다.

　　그러던 중 명선이는 들꽃이 되어 사라지고 맙니다.

이 소설은 6·25 전쟁을 배경으로 한 윤흥길 선생님의 단편입니다.

전쟁이 무엇인지도 모르는 '나'는 마을로 흘러 들어온 전쟁 고아 명선이를 만나게 됩니다. 명선이는 피란을 다니며 부모를 잃고 친척들과도 떨어져 혼자가 된 아이입니다.

동네 아이들이 명선이와 친구가 되어 가는 동안 마을 어른들은 명선이가 가진 금반지에만 신경을 씁니다. 전쟁은 시골에서 평범하게 살아가던 순수한 사람들의 마음까지도 짓밟아 놓았습니다. 인심은 각박해지고 이웃을 돌아볼 여유도 없습니다. 전쟁 고아를 불쌍히 여기고 돌보기는커녕 그 아이가 가진 금반지를 빼앗는 데만 혈안이 되지요.

세상의 폭력에 맞설 힘이 없는 어린아이가 들꽃처럼 꺾여 버리는 것은 너무나 슬픈 일입니다. 전쟁이 평범한 어른과 아이들에게 어떤 상처를 남기는지 생각해 보며 이야기를 따라가 봅시다.

이 소설은 명선이의 친구가 전해 주는 이야기입니다. 여러분도 명선이의 친구가 된 마음으로 소설을 감상해 보세요.

기억 속의 들꽃

한 떼거리의 피란민들이 머물다 떠난 자리에 소녀는 마치 처치하기 곤란한 짐짝처럼 되똑하니 남겨져 있었다. 정갈한 청소부가 어쩌다가 실수로 흘린 쓰레기 같기도 했다. 하얀 수염에 붉은 털옷을 입고 주로 굴뚝으로 드나든다는 서양의 어느 뚱뚱보 할아버지가 간밤에 도둑처럼 살그머니 남기고 간 선물 같기도 했다. ☆ 소녀를 비유한 말들이다. 마을 아이들은 소녀를 처음 보았을 때 이런 인상을 받았다.

아무튼 소녀는 우리 마을 우리 또래의 아이들에게 어느 날 아침 갑자기 발견되었다. 선물치고는 무척이나 지저분하고 망측스러웠다. 미처 세수도 하지 못한 때꼽재기, 우리들 눈에 비친 그 애의 모습은 거의 거지나 다름없을 정도였다. 우리들 역시 그다지 깨끗한 편이 못 되는데도 그랬다.

먼저, 쫓기는 사람들의 무리가 드문드문 마을에 나타나기 시작했다. 그리고 곧이어 포성이 울렸다. 돌산을 뚫느라고 멀리서 터뜨리는 남포의 소리처럼 은은한 포성이 울릴 때마다 집 안의 기둥이나 서까래가 울고 흙벽이 떨었다. 포성과 포성의 사이사이를 뚫고 피란민의 행렬이 줄지어 밀어닥쳤고, 마을에서 잠시 머물며 노독을 푸는 동안에 그들은 옷가지나 금붙이 따위의 물건을 식량하고 바꾸었다. 바꿀 만한 물건이 없는 사람들은 동냥을 하거나 훔치기도 했다. 그러다가 전보다 더 많은 사람들이 꽁무니에 포성을 매단 채 새롭게 밀어닥치면, 먼저 왔던 사람들은 들어올 당시와 마찬가지로 몇 가지 살림살이를 이고 지고 다시 홀연히 길을 떠났다.

☆ 만경강은 전라북도 지역 호남평야를 흘러 서해로 흘러드는 강이다. 6·25 전쟁 중에 많은 피란민들이 만경강 다리를 이용하여 남쪽으로 이동했다.

어느 마을이나 다 사정이 비슷했지만, 특히 우리 마을로 유난히 피란민들이 많이 몰리는 것은 만경강 다리 때문이었다. 북쪽에서 다리를 건너 남쪽으로 내려오다 보면 자연 우리 마을을 통과하도록 되어 있었다. 우리가 알기로는 세상에서 가장 긴 그 다리가 폭격으로 아깝게 끊어진 뒤에도 피란민들은 거룻배를 이용하여 계속 내려왔다. 인민군한테 앞지름을 당할 때까지 피란민들의 발길은 그치지 않고 있었다.

어른들은 피란민을 별로 달가워하지 않았다. 난생 처음 들어 보는 별의별 이상한 사투리를 쓰는 그들이 사랑방이나 헛간이나 혹은 마을 정자에서 묵다 떠나고 나면 으레 집 안에서 없어지는 물건이 생긴다는 것이었다. 굶주린 어린애를 앞세워 식량을 애원하는 그들 때문에 어른들은 골머리를 앓곤 했다. 언제 끝날지 모르는 전쟁 때문에 뒤주 속에 쌀바가지를

낱말 단어장

피란민(避亂民) 난리를 피하여 가는 백성
되똑하다 오똑 솟다.
망측스럽다 정상적인 상태에서 어그러져 어이가 없거나 차마 보기가 어려운 데가 있다.
때꼽재기 더럽게 엉기어 붙은 때의 조각이나 부스러기
포성(砲聲) 대포를 쏠 때 나는 소리
남포 도화선 장치를 하여 폭발시킬 수 있게 만든 다이너마이트
노독(路毒) 먼 길에 지치고 시달려서 생긴 피로나 병
거룻배 돛이 없이 노를 저어서 가는 작은 배
인민군(人民軍) 북한의 군대
뒤주 곡식을 담아 두는, 나무로 네모나게 만든 물건

넣었다 꺼내는 어
머니의 인심이 날로 얄
팍해져 갔다.

그러나 우리 어린애들은 전
혀 달랐다. 어른들 마음과는 아무 상
관 없이 누나와 나는 피란민들을 마냥
부러워하고 있었다. 세상의 저 쪽 끝에서
와서 다른 저 쪽 끝까지 가려는 사람들 같았
다. 무거운 짐을 들고 불편한 몸을 이끌
며 길을 떠나는 그들의 모습이 오히
려 우리들 눈에는 새의 깃털만큼이
나 가벼워 보였다. 그들처럼 마음
내키는 대로 세상을 여기저기 떠돌
아다니지 않고 우리는 왜 마을에 붙
박혀 살아야 하는지 도무지 이해할 수
가 없었다. 그래서 우리도 피란을 떠나자
고 아버지한테 조르기로 작정했다.

"밥을 굶어야 된다. 밥도 안 먹고 잠도
안 자고, 알았지야? 툇돌에서 오줌 누고
뜰팡에다 똥 싸고, 알았지야?"

삽짝 밖에서 누나가 내 귀에 대고 연방 끈
끈한 목소리로 속삭였다. 집안에서 내 청이

라면 웬만한 것은 다 들어주는 아버지의 성미를 누나는 십분 이용할 셈이었다. 나는 누나가 시키는 대로 했다. 그러나 아무리 그렇게 울고 떼를 써도 아버지 입에서는 좀처럼 허락이 내리지 않았다.

아버지한테 마침내 피란을 가도 좋다는 말이 떨어진 것은 만경강 다리가 무시무시한 폭격으로 허리를 잘리고 난 그 이튿날이었다. 아직은 제법 멀찌막이서 노는 줄만 알았던 전쟁이란 놈이 어느새 어깨동무라도 하려는 기세로 바투 다가와 있었으므로 우리 마을도 이젠 안심할 수가 없게 되었다. 그래서 아버지는 할머니 편에 우리 오뉘를 묶어 마을에서 삼십여 리 떨어진 고모네 집에 잠시 피란시킬 작정이었다. 아버지하고 어머니는 마을에 남아 집을 지키기로 이야기가 되었다.

간단한 옷 보따리를 챙겨 누나와 나는 할머니의 손을 잡고 피란길을 떠났다. 그토록 바라고 바라던 피란인지라 누나와 나는 소풍이라도 떠나는 즐거운 기분이었다. 한길엔 한여름 햇볕만이 쨍쨍할 뿐 강아지 새끼 한 마리 얼씬하지 않았다. 소리개 한 마리가 멀리 보이는 길가 공동묘지 위에 높이 떠 마치 하늘에다 못으로 고정시켜 놓은 박제의 표본인 양 오랫동안 꼼짝도 하지 않았다.

다 늦게 피란을 떠나는 사람은 아무도 없었다. 더구나 여느 피란민의 물결을 거슬러 북쪽을 향해서 먼 길을 가는 사람은 우리들뿐이었다. 고모네가 살고 있는 마을은 북쪽 산골이었다. 거기 말고는

☆ 북쪽으로부터 밀고 내려오는 인민군을 피해 대개 남쪽으로 피란을 가는데, 이들은 마을을 떠나 산골로 들어가기 위해 북쪽으로 거슬러 올라가고 있다.

알고 나면 더 재밌어요!

서술자의 특징
이 이야기의 서술자인 '나'는 전쟁에 대해 아무것도 모르는 천진난만한 어린아이이다. 생명을 걸고 떠나는 피란길을 낭만적인 일로 여길 만큼 철이 없으나, 그만큼 순수한 눈으로 사건을 바라보고 전해 줄 수 있다.

초등필수 단어장

뒷돌 집채의 낙숫물이 떨어지는 곳 안쪽으로 돌려 가며 놓은 돌
뜰팡 '뜰'의 사투리
삽짝 나뭇가지를 엮어서 만든 문짝
십분(十分) 아주 충분하게
오뉘 '오누이'의 준말. 남매.
소리개 솔개
박제(剝製) 동물의 가죽으로 살아 있을 때와 같은 모양으로 만든 물건

달리 피란 갈 만한 데가 없었다.

　적막에 싸인 공동묘지 옆을 지나면서도 나는 조금도 무서운 줄을 몰랐다. 남들처럼 우리도 지금 피란을 가고 있다는 흥분에 사로잡혀 임자 없는 무덤에 뻥 뚫린 여우 구멍을 보면서도 아무렇지도 않았다. 누나는 오히려 한 술 더 떴다. 길가에서 아카시아 잎을 따 손에 들고 한 개씩 똑똑 떼 내면서 누나는 학교 운동장에서나 하는 노래를 입속으로 흥얼거리고 있었다.

　"여우야 여우야, 뭐 허어니. 밥 먹느은다. 무슨 반찬? 개구리 반찬……. 이불 밑에 이 잡어먹고 송장 밑에 피 빨어먹고……."

　갑자기 누나가 노래를 뚝 그쳤다. 그 때 한길 저 쪽 멀리에서 뿌연 먼지구름을 끌면서 달려오는 오토바이를 나는 보았다. 눈 깜짝할 사이에 나뭇가지와 잡초로 뒤덮인 두 개의 작은 언덕이 우리들 바로 코앞으로 확 다가들었다. 속력을 줄이는 척하다가 오토바이들은 양쪽 겨드랑이를 스칠 듯이 무서운 기세로 우리를 그냥 지나쳐 갔다. 오토바이가 지나갈 때 나는 초록 덤불로 그럴싸하게 잘 위장된 그 가짜 언덕 속에 숨어서 우리를 뚫어지게 쏘아보는 날카로운 눈초리와 쇠붙이에 반사되는 햇빛의 파편들을 볼 수 있었다. 난생처음 인민군하고 맞닥뜨리는 순간이었다. 몸채 옆구리에 행랑채까지 딸린 괴상한 모양의 오토바이들이 지나간 다음에도 우리는 한동안 손과 손을 맞잡은 채 부들부들 떨면서 한길 복판에 오도카니 서 있었다.

　"이불 밑에 이 잡어먹고……."

　누나의 입에서 간신히 이런 중얼거림이 흘러나왔다. 그것은 이미 노

나뭇가지와 잡초를 덮어 위장한 오토바이

운전자 외에 한 사람이 더 탈 수 있도록 옆 좌석이 붙어 있는 오토바이를 말한다.

'나'와 누나는 인민군을 처음으로 보고 비로소 전쟁의 무서움을 느끼고 있다.

152

래가 아니었다. 누나는 얼이 쏙 빠진 눈동자를 하고 있었다.

"송장 밑에 피 빨아먹고⋯⋯."

그러자 할머니의 손바닥이 냉큼 누나의 입을 틀어막았다. 잔뜩 부르쥔 누나의 주먹이 스르르 풀리면서 형편없이 짓눌린 아카시아 잎이 땅으로 떨어졌다.

누나와 나는 할머니로부터 무섭게 지청구를 먹어 가며 그러잖아도 빠른 걸음을 더욱 재우쳤다. 그러나 얼마 가지도 않아 우리는 다시 수많은 인민군들과 마주쳤다. 그들은 두 줄로 서서 양쪽 길가로 내려오고, 우리는 그 사이를 뚫고 도무지 떨어지지 않는 다리를 간신히 움직여 복판을 걸어갔다. 참으로 어처구니없는 피란길이었다. 북쪽을 향해서 피란을 가는 우리를 인민군들은 아무도 시비하지 않았다. 그들은 그저 까맣게 그을린 얼굴을 들어 퀭한 눈으로 우리를 흘낏흘낏 곁눈질하면서 말없이 행군해 가고 있었다.

"죽어도 더는 못 가겠다. 해 넘기 전에 어서어서 집으로 돌아가자."

인민군의 굴 속을 겨우 빠져나왔을 때 할머니는 말했다. 우리는 한길을 피해서 논두렁과 밭고랑을 멀리 돌아 깜깜해진 뒤에야 가까스로 마을에 닿을 수 있었다.

내가 소녀를 맨 처음 발견한 것은 한나절로 끝나 버린 그 우스꽝스런 피란길에서 돌아온 바로 그 이튿날이었다.

아침이었다. 마을엔 벌써 낯선 깃발이 펄럭이고 있었다. 마을 사람들이 재 너머 학교를 향해 몰려가고 있었다. 나는 삽짝을 젖히고 골목길로 나

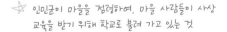
인민군이 마을을 점령하여, 마을 사람들이 사상 교육을 받기 위해 학교로 몰려 가고 있는 것

파편(破片) 유리나 사기, 쇠붙이 등이 충격을 받아 깨지면서 흩어진 조각
지청구 꾸지람
재우치다 급하게 서둘거나 재촉하다.
시비하다 트집을 잡거나 문제를 삼아 다툼을 일으키다.

섰다.

"얘."

생판 모르는 녀석이 간드러진 소리로 나를 부르고 있었다. 주제꼴은 꾀죄죄해도 곱살스런 얼굴에 꼭 계집애처럼 생긴 녀석이었다. 우선 생김새에서 풍기는, 어딘지 모르게 도시 아이다운 냄새가 나를 당황하도록 만들었다. 더구나 사람을 부르는 방식부터가 우리하고는 딴판이었다. 그처럼 교과서에서나 보던 서울 말씨로 나를 부르는 아이는 아직껏 마을에 한 명도 없었던 것이다.

"왜 놀라니? 내가 무서워 보이니?"

조금도 무섭지는 않았다. 다만, 약간 얼떨떨한 기분일 뿐이었다. 피란민이 줄을 잇는 동안 갖가지 귀에 선 말씨들을 들어 왔으나, 녀석처럼 그렇게 착 감기는 목소리에 겁 없는 눈빛을 보내는 아이는 처음이었다. 녀석은 토박이 아이들이 피란민 아이들한테 부리는 텃세가 조금도 두렵지 않은 모양이었다.

"너희 엄마, 집에 계시지?"

내가 잠시 어물거리는 사이에 녀석은 계속해서 계집애같이 앵앵거리면서 앞으로 다가왔다. 나는 얼김에 고개를 끄덕였다.

"엊저녁부터 굶었더니 배고파 죽겠다. 엄마한테 가서 밥 좀 달래자."

오히려 녀석이 앞장을 서고 내가 그 뒤를 따랐다. 나는 녀석의 바지 주머니가 불룩한 것을 보았다. 걸음을 옮길 적마다 불룩한 주머니가 연

154

방 덜렁거리고 있었다. 틀림없이 간밤에 누구네 밭에서 서리를 한 설익은 참외 아니면 감자가 그 속에 들어 있을 것이었다.

"엄니! 엄니!"

마당에 들어서면서 어머니를 거푸 불렀다. 부엌에서 기명을 부시던 어머니가 무심코 마당을 내다보다가 내 등 뒤에서 쏙 볼가져 나오는 녀석을 발견하고는 대번에 질겁을 했다.

"아줌마, 안녕하세요?"

녀석은 천연덕스럽게 인사를 챙겼다.

"아아니, 요 작것이!"

어머니가 소맷부리를 걷으며 단숨에 마당으로 내달아 나왔다. 참외 서리나 하고 다니는 피란민 아이한테 어머니가 이제 곧 본때 있게 손찌검을 하려나 보다고 나는 지레짐작을 했다. 그런데 웬걸, 어머니는 녀석 대신 내 귀를 잡아끌고는 뒤란으로 향하는 것이었다.

"요 웬수야, 지 발로 들어와도 냉큼 쫓아내야 헐 놈을 어쩌자고, 어쩌자고……."

☆ 이미 많은 피란민들에게 지친 어머니는 또 밥을 달라고 부탁할 피란민 아이가 반갑지 않다.

어머니는 내 머리통에 대고 거듭 군밤을 쥐어박았다. 도대체 어떻게 된 영문인지 전혀 깜깜이라서 울음보를 터뜨릴 수도 없는 노릇이었다.

"니가 상객으로 뫼셔 왔으니께 니가 멕여 살리거라!"

어머니는 다시 군밤을 먹이려다가 뒤란까지 따라온 서울 아이를 발견하고는 갑자기 손을 거

토박이 어느 지역에서 태어나 그 곳에서 계속 살아온 사람
텃세 먼저 자리를 잡았거나 어느 고장에서 오래 살아온 사람이 뒤에 들어온 사람에게 세도를 부리거나 업신여기는 것
얼김 어떤 일이 벌어지는 바람에 자기도 모르게 정신이 얼떨떨한 상태
서리 농촌에서 여러 사람이 남의 농작물이나 가축을 훔쳐다 먹는 장난
거푸 잇달아 거듭
기명(器皿) 살림살이에 쓰는 그릇을 통틀어 이르는 말
부시다 그릇을 깨끗이 씻다.
지레짐작 미리 넘겨짚어 추측함
뒤란 집 뒤 울타리의 안
상객(上客) 중요하고 지위가 높은 손님

두었다.

"아침상 버얼써 다 치웠다. 따른 집에나 가 봐라."

어머니는 얼음처럼 차갑게 말했다.

"사나새끼가 똑 지집맹키로 야들야들허게 생긴 것이 영락없는 물빤드기고만⋯⋯."

혼잣말을 구시렁거리며 어머니는 한껏 야멸친 표정을 하고 도로 부엌으로 들어가려 했다.

"아줌마!"

이 때 녀석이 또 예의 그 계집애처럼 간드러진 소리로 어머니를 불러 세웠다.

"따른 집에나 가 보라니께!"

"아줌마한테 요걸 보여 주려구요."

녀석은 엄지와 인지를 붙여 동그라미를 만들어 보였다. 그 동그라미 위에 다른 또 하나의 작은 동그라미가 노란 빛깔을 띠면서 날름 올라앉아 있었다. 뒤란 그늘 속에서도 그것은 충분히 반짝이고 있었다. 그걸 보더니 어머니의 눈에 환하게 불이 켜졌다.

"아아니, 너, 고거 금가락지 아니냐!"

말이 채 끝나기도 전에 금반지는 어느새 어머니의 손에 건너가 있었다. 솔개가 병아리를 채듯이 서울 아이의 손에서 금반지를 낚아채어 어머니는 한참을 칩떠보고 내립떠보는가 하면, 혓바닥으로 침을 묻혀 무명 저고리 앞섶에 싹싹 문질러 보다가 나중에는 이빨

알고 나면
더 재밌어요!

명선이의 행동
앞장서서 우리 집으로 와서 어머니에게 금가락지를 내미는 명선이를 보면, 전쟁 통에서 살아남기 위해 어떻게 행동해야 하는지를 이미 터득하고 있는 듯한 모습이다. 순진하기만 한 '나'와 매우 대조적이다. 그러나 명선이도 전쟁 전에는 '나'와 비슷한 철없는 아이였을 것이다.

로 깨물어 보기까지 했다. 마침내 어머니의 얼굴
에 만족스런 미소가 떠올랐다.

　"아가, 너 요런 것 어디서 났냐?"

　옷고름의 실밥을 뜯어 그 속에 얼른 금반지를
넣고 웅숭깊은 저 밑바닥까지 확실히 닿도록 두
어 번 흔들고 나서 어머니는 서울 아이한테 물었다. 놀랍게도 어머니의

목소리는 서울 아이의 그것보다 훨씬 더 간드러지게 들렸다.

"땅바닥에서 주웠어요. 숙부네가 떠난 담에 그 자리에 가 봤더니 글쎄 요게 떨어져 있잖아요?"

녀석이 이젠 아주 의기양양한 태도로 당당하게 대답했다. 그 말을 어머니는 별로 귀담아듣는 기색이 아니었다. 어머니는 연방 벙글벙글 웃어 가며 녀석의 잔등을 요란스레 토닥거리고 쓰다듬어 주는 것이었다.

"아가, 요 담번에 또 요런 것 생기거들랑 다른 누구 말고 꼬옥 이 아줌니한테 가져와야 된다. 알았냐?"

"네, 꼭 그렇게 하겠어요."

다음에 다시 금반지를 줍기로 무슨 예정이라도 되어 있는 듯이 녀석의 입에서는 대답이 무척 시원스럽게 나왔다.

"어서어서 방 안으로 들어가자. 에린것이 천리 타관서 부모 잃고 식구 놓치고 얼마나 배고프고 속이 짜겠냐?" ☆ 고향에서 멀리 떨어진 고장

이런 곡절 끝에 명선이는 우리 집에서 살게 되었다. 마지막으로 마을에 남게 된 유일한 피란민이었다. 인민군한테 발뒤꿈치를 밟혀 가며 피란을 내려왔던 명선네 친척들은 역시 인민군보다 한 걸음 앞서 부랴사랴 우리 마을을 떠나면서 명선이를 버리고 갔다. 그래서 명선이는 피란민 일가가 묵다가 떠난 자리에서 동네 사람들에게 하나의 골치 아픈 뒤퉁거리로 발견되었다. 누나하고 내가 할머니를 따라 피란을 떠나던 바로 그 날 아침의 일이었다.

명선이는 누나나 나하고 같은 방 쓰기를 바라는 눈치였다. 그러나 어머니는 먼촌 일가로 어린 나이에 우리 집에 와서 말만 한 처녀가 되기

158

까지 부엌데기 노릇 하는 정님이한테 명선이를 내맡겨 버렸다. 당분간 집에서 머슴처럼 부리면서 제 밥값이나 하도록 하자고 어머니와 아버지가 공론하는 소리를 나는 밤중에 얼핏 들을 수 있었다.

애당초 명선이를 머슴으로 부리려던 어른들의 생각은 큰 잘못이었다. 세상의 어떤 끈으로도 그 애를 한 곳에 얌전히 붙들어 둘 수 없음이 이내 밝혀졌다. 쇠여물로 쓸 꼴이라도 베어 오라고 낫과 망태기를 쥐여 주면 그걸 그 애는 아무 데나 내버리고 누나와 내 뒤를 기를 쓰고 쫓아오고는 했다. 한 번도 해 보지 않은 일이라서 죽어도 못 하겠다는 것이었다. 그 애가 자신 있게 할 수 있는 일이란 그저 먹고 노는 것뿐이었다.

흔히 닭들이 그러듯이 혹은 개들이 그러듯이 동네 아이들의 텃세가 갈수록 우심해져서 아무도 명선이를 패거리에 넣어 주려 하지 않았다. 어느 날, 명선이는 유독 가탈스럽게 구는 어떤 아이 하고 대판거리로 싸움을 했다. 싸움을 하는데 역시 생긴 모양에 어울리게 상대방의 얼굴을 손톱으로 할퀴고 머리끄덩이를 잡는 바람에 우리 또래 사이에서 크나큰 웃음거리가 되었다.

서울 아이들은 싸움도 가시내처럼 간사스럽게 하는 모양이었다. 상대방이 딴죽을 걸어 넘어뜨리고 위에서 덮쳐누르자, 한창 열세에 몰려 맥을 못 추던 명선이가 별안간 날라리 소리 비슷한 괴상한 비명과 함께 엄청난 기운으로 상대방의 몸뚱이를 벌렁 떠둥그뜨려 버렸다. 첫 번째 싸움에서 명선이는 승

초등 필수
단어장

숙부(叔父) 작은아버지
부랴사랴 매우 부산하고 급하게 서두르는 모양
일가(一家) 한 집안
뒤퉁거리 미련하거나 찬찬하지 못하여 일을 잘 저지르는 사람
공론(公論) 여럿이 의논함. 또는 그런 의논.
꼴 말이나 소 같은 가축에게 먹이기 위하여 베는 풀
우심하다 더욱 심하다.
가탈스럽다 성미나 취향 따위가 원만하지 않고 별스럽게 까탈이 많다.
대판거리 크게 차리거나 벌어진 판
열세(劣勢) 세력이나 실력이 남보다 뒤지거나 못함
날라리 나팔 모양으로 된 우리나라 고유의 관악기. 태평소.
떠둥그뜨리다 물체의 한 부분을 들고 밀어 엎어지게 하거나 기울여 쓰러뜨리다.

리자가 되었다. 그리고 그 후로 계속된 두 번째, 세 번째 싸움에서도 으레 상대방의 밑에 깔렸다가 무서운 힘으로 떨치고 일어나서는 승리를 했다.

어느 날, 명선이는 부모가 죽던 순간을 나에게 이야기했다. 피란길에서 공습을 만나 가까운 곳에 폭탄이 떨어졌는데, 한참 정신을 잃었다가 깨어나 보니 어머니의 커다란 몸뚱이가 숨도 못 쉴 정도로 전신을 무겁게 덮어 누르고 있더라는 것이었다.

"그래서 마구 소릴 지르면서 엄마를 떠밀었단다. 난 그 때 엄마가 죽은 줄도 몰랐어."

그리고 명선이는 숙부네가 저를 버리고 도망치던 때의 이야기도 들려주었다.

"실은 말이지, 숙부가 날 몰래 내버리고 도망친 게 아니라 내가 숙부한테서 도망친 거야. 숙부는 기회만 있으면 날 죽일라구 그랬거든."

숙부가 널 죽이려 한 이유가 뭐냐는 내 질문에 그 애는 무심코 대답하려다 말고 갑자기 입을 꾹 다물더니만, 언제까지고 나를 경계하는 눈으로 잔뜩 노려보고 있었다.

같은 방을 쓰는 정님이가 어머니한테 불평을 늘어놓기 시작했다. 원래 잠버릇이 험한 정님이가 어쩌다 다리를 올려놓으면 명선이는 비명을 꽥꽥 지르며 벌떡 일어나 눈에다 불을 켜고 노려본다는 하소연이었다. 오랫동안 옷을 갈아입지 않아 명선이 몸에서 지독한 냄새가 난다고 정님이는 오만상을 찡그리기도 했다. 갈아입을 여벌의 옷이 없는 줄 번연히 알면서도 정님이가 그처럼 사사건건 트집을 잡는 까닭은 나이 때문에 내외를 시작한 탓이라고 어머니가 말했다. 머슴애하고 어떻게 한 방을 쓰란 말이냐고 정님이는 처음부터 울상을 지었던 것이다. 가슴이 얼른 알아보게 봉긋 솟고 엉덩이가 제법 펑퍼짐해서 정님이는 이제 처녀티가 완연해져 있었다.

오래지 않아 명선이를 머슴으로 부리려던 속셈을 어머니는 깨끗이 포기했다. 괜히 여기저기에서 말썽이나 부리고 펀둥펀둥 놀면서 삼시 세끼 밥이나 축내는 그 뒤퉁거리를 어떻게 하면 내쫓을 수 있을까 하고 궁리하는 게 어머니의 일과였다. 아버지 앞에서 어머니는 그 동안 먹여 주고 재워 준 값과 금반지 한 개의 값어치를 면밀히 따지기 시작했다.

"천지신명을 두고 허는 말이지만 야한티 죄로 가지 않을 만침 헌다고 혔구만요."

★ '그 애한테 죄가 되지 않을 만큼 한다고 했구만요.'

"허기사 난리 때 금가락지 한 돈쭝은 똥가락지여. 금 먹고 금똥 싼다면 혹 몰라도……, 쌀톨이 금쪽보담 귀헌 세상인디……."

"그러니 저 작것을 어쩌지요?"

"밥을 굶겨 봐. 지가 배고프고 허기지면 더 있으래도 지 발로 나가겠지."

"갸가 나가겠소? 물빤드기마냥 빤들거림시로 무신 수를 써서라도 절대 안 굶을 아요."

어머니의 판단이 전적으로 옳았다. 끼니때만 되면 눈알을 딱 부릅뜨고 부엌 사정을 낱낱이 감시하다가 염치 불구하고 밥상머리를 안 떠나는 명선이를 두고 우리는 차마 밥 덩이를 목구멍으로 넘길

수가 없었다.

　갈수록 밥 얻어먹는 설움이 심해지자, 하루는 또 명선이가 금반지 하나를 슬그머니 내밀어 왔다. 먼젓번 것보다 약간 굵어 보였다. 찬찬히 살피고 나더니 어머니는 한 돈하고도 반짜리라고 조심스럽게 감정을 내렸다.

　"길에서 주웠다니까요."

　어머니의 다그침에 명선이는 천연덕스럽게 대꾸했다.

　"거참, 요상도 허다. 따른 사람은 눈을 까뒤집어도 안 뵈는 노다지가

어째 니 눈에만 유독 들어온다냐?"

어머니는 명선이가 지껄이는 말을 하나도 믿으려 하지 않았다. 명선이가 처음 금반지를 주워 왔을 때처럼 흥분하거나 즐거워하는 기색도 아니었다. 명선이의 얼굴을 유심히 들여다보는 어머니의 눈엔 크고 작은 의심들이 호박처럼 올망졸망 매달려 있었다.

그 날 밤에 아버지는 명선이를 안방으로 불러 아랫목에 앉혀 놓고, 밤늦도록 타일러도 보고 으름장도 놓아 보았다. 하지만, 명선이의 대답은 한결같았다.

"거짓말이 아니라구요. 참말이라구요. 길에서 놀다가……."

"너 이 놈, 바른대로 대지 못허까!"

아버지의 호통 소리에 명선이는 <mark>비죽비죽</mark> 울기 시작했다. 우는 명선이를 아버지는 또 부드러운 말로 달래기 시작했다.

"말은 안 혔어도 너를 친자식 <mark>진배없이</mark> 생각혀 왔다. 너 같은 어린것이 그런 물건 갖고 있으면은 덜 좋은 법이다. 이 아저씨가 잘 맡아 놨다가 <mark>후제</mark> 크면 줄 테니께 얻다 숨겼는지 바른대로 대거라."

아무리 달래고 타일러도 소용이 없자, 아버지는 마침내 화를 버럭 내면서 명선이의 몸뚱이를 뒤지려 했다. 아버지의 손이 옷에 닿기 전에 명선이는 미꾸라지같이 안방을 빠져나가 자취를 감추어 버렸다. 그리고 그 날 밤 끝내 우리 집에 돌아오지 않았다.

"틀림없다. 몇 개나 되는지는 몰라도 더 있을 게다. 어디다 감췄는지 니가 살살 알어봐라. 혼자서

> **초등필수 단어찾기**
>
> **감정(鑑定)** 물건의 가치가 얼마나 되는지, 또는 진짜인지 가짜인지 등을 판단함
> **노다지** 금이 많이 묻혀 있는 광맥
> **비죽비죽** 언짢거나 비웃거나 울려고 할 때 소리 없이 입을 내밀고 실룩거리는 모양
> **진배없다** 그만 못할 것이 없다.
> **후제** 뒷날의 어느 때

어딜 가거든 눈치 안 채게 따러가 봐라."

입맛을 쩝쩝 다시던 아버지는 나한테 이렇게 분부했다.

"옷 속에다 누볐는지도 모른다."

어머니가 옆에서 거들었다. 어머니 역시 아버지 못잖게 아쉬운 표정이었다. 아버지의 이마에서는 땀방울이 찌걱찌걱 배어 나오고 있었다. 아버지는 벌겋게 충혈된 눈을 등잔 불빛에 번들번들 빛내면서 숨을 씩씩거렸다. 꼭 무슨 일을 저지르고야 말 것만 같은 모습이었다.

그 이튿날 점심 무렵부터 명선이에 관한 소문이 마을에 파다하게 퍼졌다. 난리 통에 혈혈단신이 된 서울 아이가 금반지를 많이 가지고 있다는 이야기였다. 어떤 사람들은 그 아이가 열 개도 넘는 금반지를 저만 아는 곳에 꽁꽁 감춰 두고 하나씩 꺼낸다더라고 쑤군거리기도 했다. 입이 방정이라고 정님이가 어머니한테 호되게 꾸중을 들었다. 어머니의 지시에 따라 누나와 나는 돌아오지 않는 명선이를 찾아 마을 안팎을 온통 헤매고 다녔다.

낮더위가 한풀 꺾이고 어둠살이 켜켜이 내려앉을 무렵에야 명선이는 당산 숲 속에서 발견되었다. 우리가 그 애를 찾아낸 것이 아니라, 그 애가 돼지 멱따는 소리로 한바탕 비명을 질러 사람들을 불러 모은 결과였다. 이 나무 저 나무 옮아 다니는 매미처럼 당산 숲 속을 팔모로 헤집고 다니며 거듭거듭 내지르는 비명 소리를 듣고서 맨 처음 달려간 사람들 축에 아버지도 끼여 있었다. ☆ 이쪽저쪽으로

"너그 놈들이 누구누군지 내 다 안다아! 어디 사는 누군지 내 다 봐 뒀으니께 날만 샜다 허면 물고를 낼 것이다아!"

164

해뜩해뜩 뒷모습을 보이며 당산 골짜기 어둠 속으로 꽁지가 빠지게 달아나는 남자들을 향해 아버지는 길길이 뛰며 입에 거품을 물었다.

"아가, 이자 아모 염려 없다. 어서 내려오니라, 어서."

한 걸음 뒤늦어 득달같이 달려온 어머니가 소나무 위를 까마득히 올려다보며 한껏 보드라운 말씨로 달랬다. 소나무 둥치에 딱정벌레처럼 달라붙어 꼼짝도 않는 하얀 궁둥이가 보였다. 놀랍게도 명선이는 시원스런 알몸뚱이로 있었다. 어느 겨를에 어떻게 거기까지 기어 올라갔는지 명선이는 까마득한 높이에 매달려 홀랑 벌거벗은 채 흐느끼고 있었다. 아무리 내려오라고 타일러도 반응이 없자, 아버지가 팔소매를 걷어붙이고 올라가, 위험을 무릅쓰고 곡예라도 하듯이 그 애를 등에 업고 내려왔다.

*명선이가 금반지를 가지고 있다는 소문이 돌자 마을 사람들이 금반지를 빼앗기 위해 명선이 몸을 뒤졌으리란 것을 짐작할 수 있다.

"오매오매, 쟈가 지집애 아녀!"

땅에 내려서기 무섭게 얼른 돌아서며 사타귀를 가리는 명선이를 보고 누군가 이렇게 고함을 질렀다. 나 또한 초저녁 어스름 속에 얼핏 스쳐 지나가는 눈길만으로도 그 애한테는 고추가 없다는 사실을 넉넉히 알아차릴 수 있었다.

"그러게 말이네. 머슴앤 줄만 알았더니 인제 보니 지집애구먼."

"참말로 재변이네, 재변이여!"

모여 서 있던 마을 사람들이 저마다 탄성을 지르며 혀를 찼다. 어머니가 잽싸게 치마폭으로 명선이의 알몸을 감쌌다. 모닥불이라도 뒤

혈혈단신(孑孑單身) 부모도 없고 친척도 없는 오직 혼자뿐인 몸
어둠살 어두운 기미
당산(堂山) 마을의 수호신을 모시는, 마을 근처의 산이나 언덕
해뜩해뜩 다른 빛깔 속에 하얀 빛깔이 군데군데 뒤섞여 있는 모양
득달같이 잠시도 지체하지 않고
사타귀 '사타구니'의 준말. 두 다리의 사이.
재변(災變) 재앙으로 인하여 생긴 변고

집어쓴 것같이 공연히 얼굴이 화끈거려서 나는 차마 명선이를 바로 볼 수가 없었다.

"요, 요것이, 개패같이 달린 요것이 뭣이디야!"

명선이의 하얀 가슴께를 들여다보며 어머니가 소리를 질렀다. 곁에 있던 아버지가 얼른 그것을 가리려는 명선이의 손을 뿌리치고 뚝 잡아챘다. 줄에 매달린 이름표 같은 것이었다. 아직도 한 줌의 빛살이 옹색하게 남아 있는 서쪽 하늘에 대고 거기에 적힌 글씨를 읽은 다음, 아버지는 마치 무슨 보물섬의 지도나 되듯 소중스레 바지춤에 찔러 넣었다. 그리고 마을 사람들을 향해 돌아서면서 눈을 딱 부릅떠 엄포를 놓는 것이었다.

"나허고 원수 척질 생각 아니면 앞으로 야한티 터럭손 하나 건딜지 마시오!"   ☆ '털끝도 건들지 마시오!'

언젠가 가뭄 흉년 때 이웃 논의 임자하고 물꼬 싸움을 벌이면서 시퍼렇게 삽날을 들이대던 그 때의 그 표정보다 훨씬 더 포악해 보였다. 우리 논에 떨어지는 빗물이나 마찬가지로 아버지는 우리 집안에 우연히 굴러 들어온 명선이의 소유권을 마을 사람들 앞에서 우격다짐으로 가리고 있었다.   ☆ 명선이에게 많은 재산이 있을지도 모른다는 것을 알고 명선이를 대하는 어머니의 태도가 바뀌었다.

"우리가 친자식 이상으로 애끼고 기르는 아요. 만에 일이라도 야한티 해꼬지헐라거든 앙화가 무섭다는 걸 멩심허도록 허시오!"

덩달아 어머니도 위협을 잊지 않았다. 명선이가 입은 손해는 바로 우리 집안의 손해나 마찬가지라는 주장이었다. 물론 어머니는 명선이 때문에 생기는 이익이 곧바로 우리 이익이란 말은 입 밖에 비치지도 않았다.

166

사람들을 따돌리고 집 안에 들어서자마자, 어머니는 더 이상 참지를 못하고 아버지한테 다그쳤다.

"개패에 무신 사연이 적혔든가요?"

"갸네 부모가 쓴 편지여."

"누구한티요?"

"누구긴 누구여, 나지."

"오매, 그 사람들이 어떻게 알고 당신한티 편지를……."

"이런 딱헌 사람 봤나? 아, 갸를 맡아서 기를 사람한티 쓴 편지니께 받는 사람이 나지 누구겄어?"

"뭐라고 썼습디여?"

"자기네가 혹 난리 바람에 무슨 일이라도 당허게 되면 무남독녀 혈육을 잘 부탁헌다고, 저승에 가서도 그 은혜는 잊지 않겠다고, 서울 어디 사는 누네 딸이고, 본관이 어디고, 생일이 언제라고……."

"가락지 말은 안 썼어라우?"

"안 썼어."

아버지는 딱 잘라 대답했다. 그러나 다음 순간, 아버지는 득의연한 미소와 함께 어머니한테 나직이 속삭이고 있었다.

"금가락지 말은 없어도, 저 먹을 건 다소 딸려 났다고 써 있어. 사연이 복잡헌 부잣집인 것만은 틀림없다고."

명선이를 달아나지 못하게 감시하는 새로

개패 '이름표'를 이르는 말
엄포 실속 없는 말로 남을 위협하거나 호령하는 짓
척지다 서로 원한을 품어 반목하게 되다.
물꼬 논에 물이 넘어 들어오거나 나가게 하기 위해 만든 좁은 통로
우격다짐 억지로 우겨서 따르게 하는 일
앙화(殃禍) 지은 죄의 앙갚음으로 받는 재앙
본관(本貫) 조상의 시조가 난 곳
득의연하다 몹시 우쭐해 있다.

운 임무가 나한테 주어졌다. 우리 식구 모두는 상전을 모시듯이 명선이에게 한결같이 친절했다. 동네 사람 어느 누구도 감히 넘볼 마음을 못 먹도록 뚝심 좋은 아버지는 그 애의 주위에 이중 삼중으로 보호의 울타리를 쳐 놓고도 언제나 안심하지 못했다. 나는 그 애의 그림자 노릇을 착실히 했다. 그러나 금반지를 어디다 감춰 뒀는지 그것만은 차마 묻지를 못했다. 시간이 흐를수록 그 애는 내 사투리를 닮아 가고, 나는 반대로 그 애의 서울말을 어색하게 흉내 내기 시작했다.

타고난 본래의 여자 모양을 되찾은 후에도 명선이는 갈 데 없는 머슴애였다. 하는 짓거리마다 시골 아이들 뺨치는 개구쟁이였고, 토박이의 텃세를 계집애라는 이유로 쉽사리 물리칠 수 있게 되면서부터 온갖 망나니짓에 오히려 우리의 앞장을 서곤 했다. 다람쥐처럼 나무도 뽀르르 잘 타고, 둠벙에서는 물오리나 다름없이 헤엄도 잘 쳤다. 수놈 날개에 노랗게 호박 꽃가루를 칠해서 암놈으로 위장하여 왕잠자리를 우리보다 솜씨 있게 낚는가 하면, 남의 집 울타리에 달린 호박에 말뚝도 박고, 여름밤에 개똥벌레를 여러 마리 종이 봉지 안에 가두어 어른이 담뱃불 흔드는 시늉을 하면서 다가와 술래를 따돌리는 재간도 부릴 줄 알았다. 인공 치하에서 학교가 쉬는 동안을 우리는 마냥 키드득거리며 떼뭉쳐 어울려 다녔다.

심심할 때마다 명선이는 나를 끌고 끊어진 만경강 다리로 놀러 가곤 했다. 계집애답지 않게 배짱도 여간이 아니어서, 그 애는 아무도 흉내 낼 수 없는 위험천만한 곡예를 부서진 다리 위에서 예사로 벌여 우리의 입을 딱 벌어지게 만드는 것이었다.

168

"누가 제일 멀리 가는지 내기하는 거다."

폭격으로 망가진 그대로 기나긴 다리는 방치되어 있었다. 난간이 떨어져 달아나고, 바닥에 커다란 구멍들이 뻥뻥 뚫린 채 쌀뜨물보다도 흐린 싯누런 물결이 일렁이는 강심 쪽을 향해 곧장 뻗어 나가다 갑자기 앙상한 철근을 엿가락 모양으로 어지럽게 늘어뜨리면서 다리는 끊겨져 있었다. 얽히고설킨 철근의 거미줄이 간댕간댕 허공을 가로지르고 있는 마지막 그 곳까지 기어가는 내기였다. 그리고 내기에서 승리자는 언제나 명선이었다. 웬만한 배짱이라면 구멍이 숭숭 뚫린 콘크리트 바닥을 기는 것은 누구나 할 수 있는 일이었다. 하지만 콘크리트가 끝나면서 강바닥이 까마득한 간격을 두고 저 아래에서 빙글빙글 맴을 도는 철골 근처에 다다르면 누구나 오금이 굳고 팔이 떨려 한 발짝도 더는 나갈 수가 없었다. 오로지 명선이 혼자만이 얼키설키 허공을 건너지른 엿가락 같은 철근에 위태롭게 매달려, 세차게 불어 대는 강바람에 누나한테 얻어 입은 치맛자락을 펄렁거리며 끝까지 다 건너가서 지옥의 저 쪽 가장자리에 날름 올라앉아 귀신인 양 이 쪽을 보고 낄낄거리는 것이었다. 그렇게 낄낄거리며 우리들 머슴애의 용기 없음을 놀릴 때 그 애의 몸뚱이는 마치 널을 뛰듯이 위아래로 훌쩍훌쩍 까불리면서 구부러진 철근의 탄력에 한바탕씩 놀아나고 있었다.

어느 날, 나는 명선이하고 단둘이서만 다리에 간 일이 있었다. 그 때도 그 애는 나한테 내기를 걸어왔다. 나는 남자로서의 위신을 걸고

둠벙 '웅덩이'의 사투리
인공(人共) '인민 공화국'을 줄여 이르는 말
방치(放置) 어떤 일이나 대상을 마무리하거나 관심을 기울이지 않고 내버려 둠
쌀뜨물 쌀을 씻고 난 뿌연 물
강심(江心) 강의 한복판. 또는 그 물속.
철근(鐵筋) 건물이나 구조물 등을 세울 때, 콘크리트 속에 박아 뼈대로 삼는 가늘고 긴 쇠막대
오금 무릎 뒤의 구부러지는 오목한 부분
까불리다 위아래로 흔들리다.

명선이의 비아냥거림 앞에서 최선의 노력을 다해 봤으나, 결국 강바닥에 깔린 뽕나무밭이 갑자기 거대한 팽이가 되어 어찔어찔 맴도는 걸 보고 뒤로 물러서지 않을 수 없었다. 이제 명선이한테서 겁쟁이라고 꼼짝없이 수모를 당할 차례였다.

"야아, 저게 무슨 꽃이지?"

그런데 그 애는 놀림 대신 갑자기 뚱딴지 같은 소리를 질렀다. 말 타듯이 철근 뭉치에 올라앉아서 그 애가 손가락으로 가리키는 곳을 내려다보았다. 거대한 교각 바로 위, 무너져 내리다 만 콘크리트 더미에 이전에 보이지 않던 꽃송이 하나가 피어 있었다. 바람을 타고 온 꽃씨 한 알이 교각 위에 두껍게 쌓인 먼지 속에 어느새 뿌리를 내린 모양이었다.

"꽃 이름이 뭔지 아니?"

난생처음 보는 듯한, 해바라기를 축소해 놓은 모양의 동전만 한 들꽃이었다.

"쥐바라숭꽃……."

나는 간신히 대답했다. 시골에서 볼 수 있는 거라면 명선이는 내가 뭐든지 다 알고 있다고 믿는 눈치였다. 쥐바라숭이란 이 세상엔 없는 꽃 이름이었다. 엉겁결에 어떻게 그런 이름을 지어낼 수 있었는지 나 자신도 어리벙벙할 지경이었다.

"쥐바라숭꽃……, 이름처럼 정말 이쁜 꽃이구나. 참 앙증맞게두 생겼다."

또 한바탕 위험한 곡예 끝에 그 애는 기어코 그 쥐바라숭꽃을 꺾어 올려 손에 들고는 냄새를 맡아 보다가 손바닥 사이에 넣어 대궁을 비벼

170

서 양산처럼 팽글팽글 돌리다가 끝내는 머리에 꽂는 것이었다. 다시 이 쪽으로 건너오려는데, 이 때 바람이 휙 불어 명선이의 치맛자락이 홀렁 들리면서 머리에서 꽃이 떨어졌다. 나는 해바라기 모양의 그 작고 노란 쥐바라숭꽃 한 송이가

알고 나면 더 재밌어요!

쥐바라숭꽃과 명선이
쥐바라숭꽃을 머리에 꽂은 명선이의 모습을 상상해 보고, 소설의 제목을 다시 떠올려 보자. '기억 속의 들꽃'은 바로 '명선이'를 가리킨다. 들꽃은 갈 곳 없이 바람에 날려 다니고, 연약하고 꺾이기 쉬운 존재라는 점에서 명선이와 처지가 비슷하다.

바람에 날려, 싯누런 흙탕물이 도도히 흐르는 강심을 향해 바람개비처럼 맴돌며 떨어져 내리는 모양을 아찔한 현기증을 느끼며 지켜보고 있었다.

우리가 명선이한테서 순순히 얻어 낸 금반지는 두 번째 것으로 마지막이었다. 아버지와 어머니가 온갖 지혜를 짜내어 백방으로 숨겨 둔 장 ☆ '온갖 방법으로' 소를 알아내려 안간힘을 다해 보았으나 금반지 근처에만 얘기가 닿아도 명선이는 입을 굳게 다문 채 침묵 속의 도리질로 완강히 버티곤 했다.

날이 가고 달이 갔다. 어느덧 초가을로 접어드는 날씨였다. 남쪽에서 쳐 올라오는 국방군에 밀려 인민군이 북쪽으로 쫓겨 가기 시작한다는 소문이 돌았다. 생각보다 전쟁이 일찍 끝나, 남쪽으로 피란 갔던 명선이네 숙부가 어느 날 불쑥 마을에 다시 나타날 경우를 생각하면서 어머니는 딱할 정도로 조바심치기 시작했다. 내가 벌써 귀띔을 해 줘서 어른들은 명선이가 숙부에게 버림받은 게 아니라 스스로 도망쳤다는 사실을 이미 알고 있었다. 전쟁이 끝나기 전에 어떻게 하든 명선이의 입을 열게 하려고 아버지는 수단 방법을 안 가릴 기세였다.

그 날도 나는 명선이와 함께 부서진 다리에 가서 놀고 있었다. 예의 그 위험천만한 곡예 장난을 명선이는

초등필수 단어장
교각(橋脚) 다리를 받치는 기둥
대궁 '대'의 사투리
귀띔 어떤 일을 남이 알아차릴 수 있도록 슬쩍 말해 줌

한창 즐기는 중이었다. 콘크리트 부위를 벗어나 그 애가 앙상한 철근을 타고 거미처럼 지옥의 가장귀를 향해 조마조마하게 건너갈 때였다. 그 때 우리들 머리 위의 하늘을 두 쪽으로 가르는 굉장한 폭음이 귀뺨을 갈기는 기세로 갑자기 울렸다. 푸른 하늘 바탕을 질러 하얗게 호주기 편대가 떠가고 있었다.

비행기의 폭음에 가려 나는 철근 사이에서 울리는 비명을 거의 듣지 못하였다. 다른 것은 도무지 무서워할 줄 모르면서도 유독 비행기만은 병적으로 겁을 내는 서울 아이한테 얼핏 생각이 미쳐, 눈길을 하늘에서 허리가 동강이 난 다리로 끌어내렸을 때, 내가 본 것은 강심을 겨냥하고 빠른 속도로 멀어져 가는 한 송이 쥐바라숭꽃이었다.

☆ 명선이와 함께 했던 놀이를 혼자 다시 해 보는 '나'의 마음을 생각해 보자.

명선이가 들꽃이 되어 사라진 후, 어느 날 한적한 오후에 나는 그 때까지 한 번도 성공한 적이 없는 모험을 혼자서 시도해 보았다. 겁쟁이라고 비웃는 사람이 아무도 없으니까 의외로 용기가 나고 마음이 차갑게 가라앉는 것이었다. 나는 눈에 띄는 그 즉시 거대한 팽이로 둔갑해 버리는 까마득한 강바닥을 보지 않으려고 생땀을 흘렸다. 엿가락처럼 흘러내리다가 그 밑을 가로지르는 다른 선 위에 얹혀 다시 오르막을 타는 녹슨 철근의 우툴두툴한 표면만을 무섭게 응시하면서 한 뼘 한 뼘 신중히 건너갔다. 철근의 끝에 가까이 갈수록 강바람을 맞는 몸뚱이가 사정없이 까불렸다. 그러나 나는 천신만고 끝에 마침내 그 일을 해내고 말았다. 이젠 어느 누구도, 제아무리 쥐바라숭꽃일지라도 나를 비웃을 수는 없게 되었다.

가장귀 나뭇가지의 갈라진 부분. 또는 그렇게 생긴 나뭇가지.
귀뺨 뺨의 귀 쪽 부분
호주기 6·25 전쟁 때 참전한 오스트레일리아의 전투기
천신만고(千辛萬苦) 천 가지 매운 것과 만 가지 쓴 것. 갖은 애를 쓰며 온갖 고생을 다 겪음을 뜻하는 말.

지옥의 가장귀를 타고 앉아 잠시 숨을 고른 다음 바로 되돌아 나오려는데, 그 때 이상한 물건이 얼핏 시야에 들어왔다. 낚싯바늘 모양으로 꼬부라진 철근의 끝자락에다 천으로 친친 동여맨 자그만 헝겊 주머니였다. 명선이가 들꽃을 꺾던 때보다 더 위태로운 동작으로 나는 주머니를 어렵게 손에 넣었다. 가슴을 잡죄는 긴장 때문에 주머니를 열어 보는 내 손이 무섭게 경풍을 일으키고 있었다. 그리고 그 주머니 속에서 말갛게 빛을 발하는 동그라미 몇 개를 보는 순간, 나는 손에 든 물건을 송두리째 강물에 떨어뜨리고 말았다.

☆ 마을 어른들이 명선이에게서 그토록 빼앗으려 했던 '금반지'이다. 명선이를 위험한 곡예로 내몬 것이 무엇인지 밝혀지고 있다.

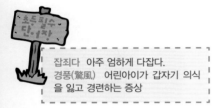

잡죄다 아주 엄하게 다잡다.
경풍(驚風) 어린아이가 갑자기 의식을 잃고 경련하는 증상

174

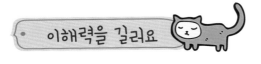

짧은 글 짓기를 해 보아요

1 되똑하다
2 텃세
3 지레짐작
4 야멸치다
5 혈혈단신

이해력을 길러요

1 소설의 제목인 '기억 속의 들꽃'이 가리키는 대상은 누구인가요?

2 '나'와 '명선이'의 성격을 정리해 봅시다.

　　　나

　　　명선

사고력을 길러요

1 명선이가 끊어진 다리에서 마을 아이들은 아무도 할 수 없었던 위험한 곡예를 해야 했던 이유는 무엇인가요?

2 명선이의 비극적인 운명을 암시해 주는 부분을 찾아 써 보세요.

논리력을 길러요

1 마을 어른들을 그토록 몰인정하고 탐욕스럽게 만든 것은 무엇인가요? 그 이유를 시대 배경과 관련하여 말해 봅시다.

2 이 소설을 읽고 느낀 점을 정리해 보세요.

노새 두 마리

중학 국어 3-1 [지학사]
중학 국어 3-2 [천재교육, 금성]

지은이를
알아 보아요!

최일남
1932~

　최일남 선생님은 전라북도 전주에서 태어나 전주사범학교, 서울대 국어국문학과를 졸업했습니다. 소설을 발표하는 동시에 민국일보, 경향신문, 동아일보에서 오랫동안 언론인으로 활동한 분입니다. 1988년에는 한겨레신문 논설고문을 지냈습니다.

　급격한 도시화, 산업화가 이루어진 시기에 작품을 발표한 최일남 선생님은 낙후된 고향의 모습과 시골 출신 도시인들이 겪는 마음의 갈등을 소설 속에 많이 다루었습니다. 단편 〈노새 두 마리〉에도 그런 최일남 선생님의 작품 세계가 드러나 있습니다.

　최일남 선생님은 1986년에 〈흐르는 북〉으로 이상문학상을 수상했으며, 작품집으로 《서울 사람들》, 《타령》, 《누님의 겨울》 등이 있습니다.

우리 식구는 서울의 한 변두리 동네에 살고 있습니다.

아버지는 노새가 끄는 마차를 몰며 연탄 배달을 다니십니다. 나는 종종 아버지 뒤를 졸졸 따라다니는데, 사람들이 우리 노새를 신기하게 보면 왠지 어깨가 으쓱해집니다.

그런데 어제 가파른 골목길에서 마차가 뒹굴며 우리 노새가 달아나 버렸습니다. 노새 뒤를 쫓아갔지만 잡을 수 없었습니다.

오늘도 하루종일 노새를 찾아 거리를 헤매던 우리는 터덜터덜 동물원까지 가게 됩니다. 평생 말을 몰아 생계를 꾸려 오셨던 아버지는 얼룩말 앞에서 멈춰 섰습니다.

아버지와 얼룩말을 번갈아 보던 나는 처음으로 아버지의 얼굴이 노새와 닮았다는 것을 깨닫습니다.

한국단편을
읽기 전에

'노새 두 마리'는 1970년대에 쓰인 소설입니다.

고속도로가 생기고 거리에는 차가 쌩쌩 달립니다. 산업이 발달하며 많은 사람들이 시골을 떠나 도시로 몰려듭니다. 서울에는 깨끗한 건물로 단장한 새로운 동네들이 계속하여 들어섭니다.

그런데 여기, 여전히 구식 운송 수단으로 생계를 유지하는 한 가족이 있습니다. 평생 마차를 몰아 온 아버지는 지금도 여전히 노새를 몰아 연탄 배달을 합니다. 그러나 세상은 너무나 빠르게 변해 가고 도시 생활은 각박하기만 합니다.

이 소설은 거대한 도시 속에서 한 마리의 노새처럼 살아가는 아버지의 모습을 그려 내고 있습니다. 노새가 모망가 버린 후 아버지는 "이제부터 내가 노새다."라고 말하지요.

지금 우리의 아버지들도 이런 소외감과 외로움을 느끼고 있지는 않을까요? 그런 점을 생각하며 소설을 감상해 봅시다.

노새 두 마리

그 골목은 몹시도 가팔랐다. 아버지는 그 골목에 들어서기만 하면 미리 저만치 앞에서부터 마차를 세게 몰아 가지고는 그 힘으로 하여 단숨에 올라가곤 했다. 그러나 이 작전이 매번 성공하는 것은 아니고, 더러는 마차가 언덕의 중간쯤에서 더 올라가지를 못하고 주춤거릴 때도 있었다. 그러면 아버지는 이마에 심줄을 잔뜩 돋우며, "이랴 이랴!" 하면서 노새의 잔등을 손에 휘감고 있는 긴 고삐 줄로 세 번 네 번 후려쳤다. 노새는 그럴 때마다 뒷다리를 바득바득 바둥거리며 안간힘을 쓰는 듯했으나 그쯤 되면 마차가 슬슬 아래쪽으로 미끄러져 내리기는 할망정 조금씩이라도 올라가는 일은 드물었다.

물론 마차에 연탄을 많이 실었을 때와 적게 실었을 때에도 차이는 있었다. 적게 실었을 때는 그깟 것 달랑달랑 단숨에 오르기도 했지만, 그런 때는 드물고 대개는 짐을 가득가득 싣고 다녔다. 가득 실으면 대충 오백 장에서 육백 장까지 실었는데 아버지는 그래야만 다소 신명이 나지 이백 장이나 삼백 장 같은 것은 처음부터 성에 안 차는 눈치였으며, 백 장쯤은 누가 부탁도 안 할뿐더러 아버지도 아예 실으려고 하지도 않았다.

우리 동네는 변두리였으므로 얼마 전까지도 모두 그날그날 벌어먹고 사는 사람들이 많아 연탄 배달도 일거리가 그리 많지 않았다. 기껏해야 구멍가게에서 두서너 장을 사서는 새끼줄에 대롱대롱 매달고 가는 게 고작이었다. 그랬는데 이삼 년 전부터 아직도 많은 빈터에 집터가 다져지고, 하나둘 문화 주택이 들어서더니 이제는 제법 그럴듯한 동네 꼴이 잡혀 갔다. 원래부터 있던 허름한 집들과 새로 생긴 집들과는 골목 하나를 경계로 하여 금을 긋듯 나누어져 있었는데, 먼 데서 보면 제법 그럴싸한 동네로 보였다. 일단 들어와 보면 지저분한 헌 동네가 이웃에 널려 있지만, 그냥 먼발치로만 보면 이층 슬래브 집들에 가려 닥지닥지 붙은 판잣집 등속이 보이지 않았으므로 서울의 변두리에 흔한 여느 신흥 부락으로만 보였다.

동네가 이렇게 바뀌자 그것을 가장 좋아한 사람 중의 하나가 아버지였다. 아까 말한 대로 그 전에는 동네 사람들이 연탄을 두서너 장, 많아야 이삼십 장씩만 사 가는 터여서 아버지의 일거리가 적고, 따라서 이 곳에서 이삼 킬로나 떨어진 딴 동네까지 배달을 가야 했는데 동네에 새 집이 많이 들어서면서부터는 그렇

★주거 환경을 개선하기 위해 1950 년대 후반부터 짓기 시작한. 편리하고 위생적인 새로운 주택들을 '문화 주택' 이라고 불렀다.

노새 말과의 포유류. 암말과 수나귀 사이에서 난 잡종으로 크기는 말보다 약간 작으며, 몸이 튼튼하고 힘이 세어 무거운 짐을 나를 수 있다.
연탄(煉炭) 무연탄 가루에 석회나 진흙 등을 섞어 원통 모양의 덩어리를 만들고, 여러 개의 구멍을 뚫어 놓은 연료
신명 신이 나고 흥겨움
변두리 어떤 지역의 가장자리가 되는 곳
슬래브(slab) 건축에서, 바닥이나 지붕을 한 장의 바위처럼 콘크리트로 부어 만든 구조
판잣집 판자로 작고 초라하게 지은 집
등속(等屬) 나열한 사물과 같은 종류의 것들을 몰아서 이르는 말

노새 두 마리 **181**

게 먼 걸음을 하지 않아도 되었기 때문이다. 그런 집에서 연탄을 한 번 들여놓았다 하면 몇 달씩 때니까 자주 주문을 하지 않아서 아버지의 일 감이 이 동네에서 끝나는 것만은 아니고, 여전히 타 동네까지 노새 마차를 몰기는 했지만 그 전보다는 자주 먼 곳까지 가지 않아도 된 것만은 사실이었다.

새 동네(우리는 우리가 그 전부터 살던 동네를 구동네, 문화 주택들이 차지하고 들어선 동네를 새 동네라 불렀다.)가 생기면서 좋아한 것은 비단 아버지만은 아니었다. 구동네에 두 곳 있던 구멍가게 주인들도 은근히 무언가를 기대하는 눈치였다. 그 전까지는 가게의 물건들이 뽀얗게 먼지를 쓰고 있었고, 두 홉짜리 소주병만 육실하게 많았는데 그 병들 사이에 차츰 환타니 미린다니 하는 음료수 병들이며 퍼머스트 아이스크림도 섞이고, 할머니의 주름살처럼 주름이 좍좍 가 말라비틀어진 사과 사이에 귤 상자도 끼이게 되었다. 그 전에는 볼 수 없었던 우유 배달부가 아침마다 골목을 드나들고, 갖가지 신문 배달부가 조석으로 골목 안을 누비고 다녔다. 전에는 얼씬도 않던 슈샤인 보이가 새벽이면 "구두 땁으……." 하면서 외치고 다녔다. 전에는 저 아래 큰 한길가 근처에 차를 대 놓고, 올 테면 오고 말 테면 말라는 식으로 버티던 청소부들이 골목 안까지 차를 들이대고 쓰레기를 퍼 갔다.

그러나 동네의 모습이 이처럼 달라지기는 했어도 구동네와 새 동네 사람들이 서로 어울리는 일이 없었다. 너는 너, 나는 나 하는 식으로 새 동네 사람들은 문을 꼭꼭 걸어 잠그고 누가 다가오는 것을 거절하고 있었다. 다만 그들이 들어옴으로 해서 구동네 사람들의 사는 모

대일퍼머스트유업이라는 회사에서 처음으로 생산한 아이스크림

shoeshine boy, 구두닦이

새로운 동네가 들어서며 경제 수준에 격차가 생기자 이웃 간에도 서로 소통하지 않는 모습

습이 조금 달라지기는 했는데 아무도 그걸 입에 올리지는 않았다. 아버지도 배달 일이 늘어나서 속으로는 새 동네가 생긴 것을 은근히 싫어하지는 않는 눈치였지만, 식구들 앞에서조차 맞대 놓고 그런 내색을 하지는 않았다. 그런 가운데에서도 우리 노새는 온 동네 사람들의 눈길을 모으고 짤랑짤랑 이 골목 저 골목을 헤집고 다녔다. 아니 그것은 새 동네 쪽에서 더욱 그랬다. 원래의 우리 동네에서야 아무도 거들떠보지 않았다. 자기들은 아이들의 싯누런 똥이 든 요강 따위를 예사롭게 수챗구멍 같은 데 버리면서도, 어쩌다 우리 노새가 짐을 **부리는** 골목 한쪽에서 오줌을 찍 갈기면, "왜 하필이면 여기서 싸. 어이구, 저 지린내, 말을 **부리려면** 오줌통이라도 갖고 다닐 일이지 이게 뭐야. 동네가 뭐 공동변손가." 어쩌고 하면서 아낙네들은 코를 찡 풀어 노새 앞에다 팽개쳤다. 말과 노새의 구별도 잘 못하는 주제에, 아무 데서나 가래침을 퉤퉤 뱉는 주제에 우리 노새를 보고 눈을 찢어지게 흘겼다. 그러나 새 동네에서는 **단연** 달랐다. 여간해서 말을 잘 않는 아주머니들도 우리 노새를 보면 입가에 미소를 머금었다. 개중에는 "아이, 귀여워. 오랜만에 보는 노샌데." 하기도 하고, "어머, 지금도 노새가 있었네." 하기도 하고, "아니, 이게 노새 아니에요? 아주 이쁘게 생겼네." 하기도 하고, "오머 오머, 이게 망아지는 아니고…… 네? 노새라구요? 아, 노새가 이렇게 생겼구나아." 하면서 모가지에 매달린 방울을 한번 만져 보려다가 노새가 고개를 젓는 바람에 찔끔 놀라기도 했다. 비단 연탄 배달을 간 집에서만이 아

핫!드!필!수 단어장

비단(非但) '오직'이나 '다만'의 뜻을 나타내는 말
조석(朝夕) 아침과 저녁을 함께 이르는 말
부리다 사람의 등에 지거나 자동차나 배 등에 실었던 것을 내려놓다.
부리다 아랫사람이나 짐승에게 일을 시키다.
단연(斷然) 두말할 것 없이 확실하게

니라 이 근처의 길을 가던 사람들도, 우리 노새를 힐끗 쳐다본 순간 분명히 다소 놀라는 기색으로 다시 한 번 거들떠보곤 했다. 대야를 옆에 끼고 볼이 빨갛게 익은 채 목욕 갔다 오던 아주머니도 부드러운 눈길로 노새를 바라보고, 다정하게 나들이를 가려고 막 대문을 나서던 내외분도 우리 노새가 짤랑짤랑 지나가면 '고것…….' 하는 표정으로 한동안 지켜보고, 파 한 단 사 가지고 잰걸음으로 쫄쫄거리고 가던 식모 아가씨도 잠시 발을 멈추고 노새를 바라보았다.

무엇보다도 우리 노새를 보고 좋아하는 것은 새 동네 아이들이었다. 노새만 지나가면 지금까지 하던 공차기나 배드민턴을 멈추고 한동안

노새를 따라왔다. "야, 노새다." 한 아이가 외치면 다른 아이들도 덩달아 외쳤다. "그래그래, 노새다." "야, 이게 노새구나." "그래 인마, 넌 몰랐니?" "듣기는 했는데 보기는 처음이야." "야, 귀 한번 대빵 크다." "힘도 세니?" "그럼, 저것 봐, 저렇게 연탄을 많이 싣고 가지 않니." 아이들이 이러면 나는 나의 시커먼 몰골도 생각하지 않고 어깨가 으쓱해졌다. 아버지도 그런 심정일까. 이런 때는 그럴 만한 대목도 아닌데 괜히 "이랴 이랴!" 하면서 고삐를 잡아끌었다. 나는 사실 새 동네 아이들을 그리 좋아하지 않았다. 걔네들은 집 안에서 무얼 하는지 도무지 밖에 나오는 일도 드물었는데, 나온다 해도 저희네끼리만 어울리지 우리 구동네 아이들을 붙여 주지 않았다. 처음부터 우리가 걔네들더러 끼워 달라고 한일은 없으니까 붙여 주고 안 붙여 주고 할 것은 없었는데, 보면 알지 돌아가는 꼴이 그런 처지가 못 되었다. 우리 구동네 아이들이야 학교 가는 시간을 빼고는 내내 밖에서만 노는데, 놀아도 여간 시망스럽게 놀지 않았다. 걸핏하면 싸움질이요, 걸핏하면 욕질이었다. 말썽은 어찌 그리도 잘 부리는지 아이들 싸움이 커진 어른 싸움도 끊일 날이 없었다. 그러자니 구동네 아이들은 자연히 새 동네 골목에까지 진출했다. 같은 골목이라도 새 동네는 조금 널찍한 데다가 사람들의 왕래도 그리 잦지 않아서 놀기에 좋았다. 그렇다고 새 동네 아이들이 텃세를 부리지도 않았다. 그들은 저희끼리 놀다가도 우리들이 내려가면 하나둘씩 슬며시 자기네 집으로 들어갔다. 그런 아이들이었으므로 나는 평소에 데면데면하게 대했는데, 이들이 우리 노새를 보고 놀라거나 칭찬할 때

내외분 '부부'를 높여 이르는 말
몰골 볼품없게 되어 버린 얼굴이나 모양새
시망스럽다 몹시 짓궂은 데가 있다.
데면데면하다 사람을 대하는 태도가 친밀감이 없이 예사롭다.

만은 어쩐지 그들이 좋았다. 거기 비해서 우리 동네 아이들은 노새만 보면 엉덩이를 툭 치거나, 꼬챙이 같은 걸로 건드리고 머리를 쓰다듬는 척하면서 콧잔등을 한 대씩 쥐어박고 하기가 일쑤였다. 평소에 말수가 적고 화내는 일이 드문 아버지도 이런 때는 눈에 불을 켜고 개구쟁이들을 내몰았다. "이 때갈 놈의 새끼들, 노새가 밥 달라든, 옷 달라든? 왜 지랄들이야!"

우리 집에 노새가 들어온 것은 이 년 전이었다. 그 전까지는 말을 부렸는데 누군가가 노새와 바꾸지 않겠느냐고 제의해 왔다. 싫으면 웃돈을 조금 얹어 주고라도 바꾸어 주겠다는 것이었다. 한 삼 년 가까이 그 말을 부려 온 아버지는 막상 놓기가 싫은 모양이었으나 그 말이 눈이 자주 짓무르고, 뒷다리 복사뼈 근처에 늘 상처가 가시지 않는 등 잔병치레가 잦은 터라, 두 번째 말을 걸어왔을 때 그러자고 응낙해 버렸다. 할머니와 어머니, 그리고 큰형은 그래도 말이 낫지 그까짓 노새가 무슨 힘을 쓰겠느냐고, 바꾸지 말자고 했으나 노새를 한 번 보고 온 아버지는 어떻게 생각했는지 그 길로 노새와 말을 맞바꾸었다. 아닌 게 아니라 노새는 힘이 하나도 없어 보였다. 보기에도 비리비리한 게 약하디약하게만 보였다. 할머니나 어머니, 그리고 큰형은 그것 보라고, 이게 어떻게 그 무거운 연탄 짐을 나르겠느냐고 빈정댔는데 그래도 아버지는 가타부타 말이 없이 노새를 우리로 끌고 가 우선 솔질부터 시작했다. 말이 우리이지 그것은 방과 바로 잇닿아 있는 처마를 조금 더 달아 낸 곳에 있었다. 그래서 우리 집에는 항상 말 오줌 냄새, 똥 냄새가 가실 날이 없었다. 그뿐 아니라 그 우리의 바로 옆방이 내가 할머니나 큰

형과 함께 자는 방이었으므로 나는 잠결에도 노새가 앉았다 일어나는 소리, 히힝거리는 소리, 방귀 소리까지 들을 수 있었다.

어쨌거나 이 노새가 들어오면서 그 뒤치다꺼리는 주로 내가 맡게 되었다. 큰형도 더러 돌봐 주기는 했으나 큰형마저 군에 들어가고 난 뒤부터는 나에게 전적으로 그 일이 맡겨졌다. 고등학교를 나온 작은형이 있기는 해도 그는 아버지나 어머니의 성화에 아랑곳없이, 늘상 밖으로 싸다니기만 하고 집에 있을 때도 기타를 들고 골방에 처박히기가 일쑤였다. 가엾게도 노새는 원래는 회색빛이었는데도 우리 집에 온 뒤로는 차츰 연탄 때가 묻어 검정빛으로 변해 갔다. 엉덩이께는 물론 갈기도 까맣게 연탄 가루가 앉아 있었다. 내가 깜냥으로는 지성스럽게 털어 주고 닦아 주고 하는데도, 연탄 때는 속살까지 틀어박히는지 닦아 줄 때만 조금 희끗하다가 한바탕 배달을 갔다 오면 도로 그 모양이었다. 하지만 노새도 내 그런 정성을 짐작은 하는지, 멍청히 서 있다가도 내가 가까이 가면 고개를 위아래로 흔들어 아는 체를 했다. 그랬는데 그 노새가 오늘은 우리 집에 없다. ☆ 노새를 잃어버리게 된 일을 설명하기 위해 어제로 시간을 거슬러 올라간다.

노새가 갑자기 달아난 건 어저께 일이었다. 아버지는 연탄을 실은 뒤 노새의 고삐를 잡고 나는 그냥 뒤따르고 있었다. 내가 뒤따르는 것은 아버지에게 큰 도움이 못 되고 하릴없이 따라다니기만 할 뿐이었다. 야트막한 언덕길을 오를 때 마차의 뒤를 밀기도 했으나 그것은 그대로 시늉일 뿐, 내 어린 힘으로 어떻게 된다든가 하는 일은 없었다. 아버지는 이따금 따라다니지 말고 집에 가서 공부나 하

웃돈 본래의 값에 덧붙이는 돈
잔병치레 잔병을 자주 앓음
가타부타 옳다거나 그르다거나
갈기 말이나 사자 같은 동물의 목덜미에 많이 난 긴 털
깜냥 스스로 헤아릴 수 있는 능력
지성스럽다 보기에 지극히 정성스러운 데가 있다.
하릴없이 어쩔 수 없이

라고 했지만, 내가 공부 다 했어요, 하면 그 이상 더 말리지는 않았다. 그러나 탄을 싣거나 부릴 때 내가 거들려고 나서면 아버지는 한사코 그걸 말렸다. 아버지가 그랬으므로 나는 그러면 더 좋지 하는 홀가분한 마음으로 망아지 모양 마차 뒤만 졸졸 따라다녔다. 바로 어저께도 그랬다. 새 동네의 두 집에서 이백 장씩 갖다 달라고 해서, 아버지는 연탄 사백 장을 싣고 새 동네로 들어가는 그 가파른 골목길을 들어서고 있었다. 얘기의 앞뒤가 조금 뒤바뀌었지만, 우리 아버지는 연탄 가게의 주인이 아니고 큰길가에 있는 연탄 공장에서 배달 일만 맡고 있다. 그러므로 연탄 공장의 배달 주임이 어느 동네 어느 집에 몇 장을 날라다 주라고 하면, 그만한 양의 탄을 실어다 주고 거기 따르는 구전만 받으면 그만이었다. 그런데 한 가지 자랑스러운 일은 아버지는 아무리 찾기 힘든 집이라도 척척 알아낸다는 것이다. 연탄 공장 사람들의 설명이 미처 끝나기도 전에 알 만하오, 한마디면 그만이었다. 열이면 열 거의 틀리는 일이 없었다. 오죽하면 공장 사람들도 "마차 영감은 집 찾는 데 귀신이라니깐." 하면서 혀를 내두를까. 그들도 아버지에게 실려 보내면 마음이 놓인다는 것이었다. 어저께도 아버지는 이러이러한 댁에 갖다 주라는 말을 듣자, 두 번 다시 물어보지 않고 짐을 싣고 나선 것이다.

그 가파른 골목길 어귀에 이르자 아버지는 미리서 노새 고삐를 낚아 잡고 한달음에 올라갈 채비를 하였다. 그러나 어쩐 일인지 다른 때 같으면 사백 장 정도 싣고는 힘 안 들고 올라설 수 있는 고개인데도 이 날따라 오름길 중턱에서 턱 걸리고 말았다. 아버지는 어, 하는 눈치더니 고삐

탄(炭) 연탄
구전(口錢) 흥정을 붙여 주고 그 보수로 받는 돈

188

를 거머쥐고 힘껏 당겼다. 이마에 힘줄이 굵게 돋았다. 얼굴이 빨개
졌다. 나는 얼른 달라붙어 죽어라고 밀었다. 그러나 길바
닥에는 살얼음이 한 겹 살짝 깔려 있어서 마차를
미는 내 발도 줄줄 미끄러져 나가기만 했

다. 노새는 앞뒤 발을 딱딱 소리를 낼 만큼 힘껏 땅을 밀어냈으나 마차는 그 때마다 살얼음 위에 노새의 발자국만 하얗게 긁힐 뿐 조금도 올라가지 않았다. 아직은 아래쪽으로 밀려 내려가지 않고 제자리에 버티고 선 것만도 다행이었다. 사람들이 몇 명 지나갔으나 모두 쳐다보기만 할 뿐 아무도 달라붙지는 않았다. 그 전에도 그랬다. 사람들은 얼핏 도와주고 싶은 생각이 났다가도, 상대가 연탄 마차인 것을 알고는 감히 손을 내밀지 못했다. 도대체 어디다 손을 댄단 말인가. 제대로 하자면 손만 아니라 배도 착 붙이고 밀어야 할 판인데 그랬다간 옷을 모두 망치치 않겠는가, 옷을 망치면서까지 친절을 베풀 사람은 이 세상엔 없다고 나는 믿어 오고 있다. ☆ 아직 어린 소년인 '나'는 도시의 낯선 사람들이 남의 일에 쉽게 도움의 손길을 뻗지 않는다는 생각을 가지고 있다.

그건 그렇고, 그런 시간에도 마차는 자꾸 밀려 내려오고 있었다. 돌을 괴려고 주변을 살펴보았으나 그만한 돌이 얼른 눈에 띄지 않을뿐더러, 그나마 나까지 손을 놓으면 와르르 밀려 내려올 것 같아서 손을 뗄 수가 없었다. 아버지는 평소의 그답지 않게 사정없이 노새에게 매질을 해 댔다.

"이랴, 우라질 놈의 노새, 이럇!"

노새는 눈을 뒤집어 까다시피 하면서 바득바득 악을 써 댔으나 판은 이미 그른 판이었다. 그 때였다. 노새가 발에서 잠깐 힘을 빼는가 싶더니 마차가 아래쪽으로 와르르 흘러내렸다. 뒤미처 노새가 고꾸라지고 연탄 더미가 데구루루 무너졌다. 아버지는 밀려 내려가는 마차를 따라 몇 발짝 뒷걸음질을 치다가 홀랑 물구나무서는 꼴로 나자빠졌다. 나는 얼른 한옆으로 비켜섰기 때문에 아무 일도 없었다. 그러나 정작 일은 그 다음

☆ 시간의 흐름에 따라 사건이 진행되는 과정을 쓰고 있다. 이를 '서술'이라고 한다. 소설에 많이 쓰이는 표현 방식이다.

190

에 벌어지고 말았다. 허우적거리며 마차에 질질 끌려가던 노새가 마차가 내박질러진 자리에서 벌떡 일어서더니 뒤도 안 돌아보고 냅다 뛰기 시작한 것이다. 정확히 말하면 벌떡 일어섰다가 순간적으로 아버지와 내가 있는 쪽을 힐끔 쳐다보고는 이내 뛰어 버린 것이다. 마차가 넘어지면서 무엇이 부러져 몸이 자유롭게 된 모양이었다.

"어어, 내 노새."

아버지는 넘어진 채 그 경황에도 뛰어가는 노새를 쳐다보더니 얼굴이 새하얘졌다. 그러나 그런 망설임도 그 때뿐 아버지는 힘들게 일어서자 딴사람이 되어 빠른 걸음으로 노새를 뒤쫓았다.

"내 노새, 내 노새."

아버지는 크게 소리 지르는 것도 아니고 그렇다고 입안엣소리도 아닌, 엉거주춤한 소리로 연방 뇌면서 노새가 달려간 곳으로 뛰어갔다. 나도 얼른 아버지의 뒤를 따랐다. 노새는 십 미터쯤 앞에 뛰어가고 있었다. 뒤미처 앞쪽에서는 악악 하는 비명 소리가 들려왔다. 어깨에 스케이트 주머니를 메고 오던 아이들 둘이 기겁을 해서 길옆으로 비켜서고, 뒤따라오던 여학생 한 명이 엄마! 하면서 오던 길을 달려갔다. 손자를 업고 오던 할머니 한 분은 이런 이런! 하면서 어쩔 줄 몰라 하다가 그 자리에 폭삭 주저앉고 말았다. 막 옆 골목을 빠져나오던 택시가 찍 브레이크를 걸더니 덜렁 한바탕 춤을 추고 멎었다. 금세 이 집 저 집에서 사람들이 쏟아져 나와서 골목은 어느 사이 수많은 사람들이 모여 웅성대기 시작했다.

"왜 그래, 왜 그래."

☆ 일어난 상황을 머릿속으로 상상하며 읽어 보자.

192

"무슨 일이야, 무슨 일이야."

"말이 도망갔다나 봐, 말이 도망갔다나 봐."

"무슨 말이, 무슨 말이."

"저기 뛰어가지 않아."

"얼라 얼라, 그렇군. 말이 뛰어가는군."

"별꼴이야, 말마차가 지금도 있었군."

이런 웅성거림 속을 아버지는 두 주먹을 불끈 쥐고 뜀박질 쳐 갔다.

"내 노새, 내 노새."

그 때 나는 아버지보다 몇 발짝 앞서 있었다. 아버지의 헉헉 소리가 들려왔다. 하지만 노새는 우리보다 훨씬 빨랐다. 노새는 이미 큰길로 나가고 있었다. 드디어 아버지는 큰길로 나오자 덜컥 그 자리에 주저앉고 말았다. 노새는 이제 보이지 않았지만 나는 노새보다도 아버지의 일이 더 큰일일 것 같아서, 뛰던 것을 멈추고 아버지의 손을 잡고 끌어 일으키려고 했다. 한데 아버지는 쉽게 일어나지를 못했다. 아버지의 눈은 더할 수 없는 실망과 깊은 낭패로 가득 차, 나는 제대로 쳐다보지도 못하고 슬며시 고개를 돌리다가 이내 축 처지고 말았다. 얼굴 근육이 실룩거리는 것이 옆얼굴에도 보였다. 불현듯 슬픔이 복받쳐 내 눈도 씀벅거렸으나 나는 그것을 억지로 참고, 계속해서 아버지의 팔목을 이끌었다.

"아버지, 여기서 이렇게 앉아 있으면 어떻게 해요. 노새를 찾아야지요."

지나가는 사람들이 우리 부자의 이런 모습을 구경거리나 되는 듯이 잠깐잠깐 쳐다보았다.

"그래."

아버지는 힘없이 일어났으나 나는 어디를 어떻게 가야 할지 그저 막막하기만 했다. 아버지도 그런 눈치인 듯 나를 한 번 덤덤히 쳐다보다가 아무 말 없이 앞장을 서기 시작했다. 두 사람 중 아무도 내박질러진 마차며 연탄 이야기를 꺼내지 않았다. 그 뒤처리도 큰일일 테니 말이다. 터덜터덜 걸어서 네거리까지 온 우리는 정작 그 때부터 막막함을 느꼈다. 동서남북 어느 쪽으로 가야 할 것인가.

"아버지, 이렇게 하면 어때요. 둘이 같이 다닐 게 아니라 따로따로 헤어져서 찾아 보도록 해요. 내가 이 쪽 길로 갈 테니깐 아버지는 저 쪽 길로 가세요, 네?"

아버지는 아무 말 없이 나오는 반대 방향으로 걸어갔다.

아버지와 헤어진 나는 사뭇 뛰었다. 사람들은 거리에 가득 넘쳐 있었다. 크고 작은 자동차는 뿡빵거리면서 씽씽 달려가고 달려오고 하였다. 오층 건물, 삼층 건물이 즐비한 거리는 언제나처럼 분주했다. 아무도 나를 붙잡고 왜 뛰느냐고, 노새를 찾아 나선 길이냐고 묻지 않았다. 아무도 네가 찾는 노새가 방금 저 쪽으로 뛰어갔다고 걱정 말라고 일러주지 않았다. 나는 이 사람에게 툭 부딪치고, 저 사람에게 탁 부딪치면서 사뭇 뛰었다. 그러나 뛰면서도 둘레둘레 사방을 쳐다보는 것을 잊지 않았다.

☆ '나'에게는 큰일이지만 다른 사람들은 아무런 관심을 갖지 않는다. 이러한 '나'의 소외감은 이 소설의 곳곳에 드러나고 있다.

벌써 거리는 조금씩 어두워지고 있었다. 이미 앞이마에 헤드라이트를 켠 자동차도 있었다. 나는 그런 자동차들이 막 뛰어다니는 노새로

194

보였다. 파랑 노새, 빨강 노새, 까만 노새 들이 마구 뛰어다니는 것이 아닌가. 바람같이 달리는 놈, 슬슬 가는 놈, 엉금엉금 기는 놈, 갑자기 멈추는 놈, 막 가다가 휙 돌아서는 놈, 그것은 가지가지였다. 그런데도 그 중에 우리 노새는 없었다. 두 귀가 쫑긋하고 눈이 멀뚱멀뚱 크고, 코가 예쁘고, 알맞게 살이 찐, 엉덩이에 까맣게 연탄 가루가 묻어 반질반질하고, 우리 사촌 이모 머리채처럼 꼬리를 길게 늘어뜨린 우리 노새는 안 보였다.

어디까지 왔는지도 몰랐다. 차츰 다리가 아프기 시작했다. 배도 고프기 시작했다. 그러고 보면 나는 오늘 점심도 설친 채였다. 아이들하고 한참 놀다가 집에서 점심을 몇 술 뜨는 둥 마는 둥 하다가 아버지의 일이 궁금하여 연탄 공장에 갔었는데 그 때 마침 아버지가 짐을 싣고 나오는 것이었었다. 그러나 나는 걸음을 멈출 수가 없었다. 노새를 찾아야 한다, 노새를 찾아야 한다는 마음이 내 걸음에 앞서, 몇 번 고꾸라지기도 하였다. 더러는 어떤 신사 아저씨의 옆구리에 넘어지듯 부닥치기도 하였는데, 그러면 그 아저씨는 "이 녀석아……." 어쩌고 하면서 못마땅하게 쳐다보고, 더러는 어떤 아주머니의 치마꼬리를 밟기도 하였는데, 그러면 그 아주머니는, "얘가 왜 이래, 눈을 어데 두고 다녀?" 하면서 호통을 치기도 하였다. 그럴 때마다 나는 '미안해요, 우리 노새를 찾느라고 그래요.' 하고 뇌까렸으나 그것이 입 밖으로 말이 되어 나오지는 않았다. 입 안이 메말라서 도무지 말을 하고 싶지도 않았다. 언뜻 내가 왜 이렇게 쏘다니고 있을까, 노새가 어디로 간지도 모르고 왜 이렇게 방황해야만 하는가 하는 생각이

뇌까리다 낮은 목소리로 혼잣말을 하다.

없지도 않았으나 그런 마음에 앞서 내 눈은 부산하게 거리의 구석구석을 살피고 있었다. 그러고 보면 나는 그 동안 우리 노새와 깊이 정이 들어 있는지도 몰랐다. 자다가도 바로 옆 마구간에서 노새가 투레질하는 소리, 발을 들었다 놓았다 하는 소리를 들으면 왠지 마음이 놓였고, 길에서 놀다가도 저만치서 아버지에게 끌려오는 노새가 보이면 후딱 달려가 그 시커먼 엉덩이를 한 번 두들겨 주기도 했다. 그러면 저도 나를 알아보는지 그 큰 눈을 한 번 크게 치떴다가 내리곤 했다. 아이들은 그런 나를 더욱 놀려 댔다. "비리비리 노새 새끼." 그리고 나더러는 '까마귀 새끼'라고 말이다. 까마귀 새끼라는 것은 우리 아버지가 까맣게 연탄재를 뒤집어쓰고 다닌대서 그 아들인 나를 가리키는 말이다. 사실 아버지는 노상 시커먼 몰골을 하고 다녔다. 옷은 물론 국방색 신발도 어느새 깜장 구두가 되어 있었다. 손 얼굴 할 것 없이 온몸이 껌정투성이였다. 어쩌다가 헹 하고 코를 풀면 콧물조차도 까맸다. 그런 가운데에서도 눈 하나만은 퀭하니 크게 빛났다. 아이들은 그런 아버지를 보고 까마귀라고 불러 댔으나 차마 대놓고 그러지는 못하고, 만만한 나만 보면 까마귀 새끼라고 놀려 댔다. 하지만 저희네들 아버지는 별것이었던가. 영길이네 아버지는 조그마한 기계와 연탄불을 피워 가지고 다니면서, 뼹 소리와 함께 생쌀을 납작하게 눌러 튀겨 내는 장사를 하고 있었고, 종달이네 형님은 번데기 장수였다. 순철이네 아버지는 시장 경비원이었고, 귀달네 아버지는 포장마차에서 장사를 하고 있었다. 그래서 우리는 영길이더러 '뼹', 종달이더러는 '뻔'이라는 별명을 붙여 주었으며, 순철이, 귀달이도 모두 하나씩 별명을 가지고 있었다. 그러니까 내가 까마귀 새끼라는 별명을 가지고 있다는 것은 어떻게 보면 당연한 것이고 별로 억울할 것도 없었다.

내가 집에 돌아온 것은 밤 10시도 넘어서였으나 아버지는 그 때까지 돌아오지 않고 있었다. 할머니와 어머니는 동네 사람들의 귀띔으로 미리 사건을 알고 있었던지, 내가 들어서자 얼른 뛰어나오며 허겁지겁 물었다.

"찾았니?"

"아버지는 어떻게 되셨어?"

내가 혼자 들어서는 걸 보면 찾지 못한 것을 번연히 알면서도 어머니는 다그쳐 물어 댔다. 어머니는 나에게 밥을 줄 생각도 하지 않고 한숨만 내리쉬고 올려 쉬곤 하였다. [☆]1970년대인 이 때는 밤 12시부터 새벽 4시까지 밖에서 돌아다니는 것을 금지하는 제도가 있었다. 이 제도는 1982년에 대부분의 지역에서 폐지되었다.

아버지가 돌아온 것은 (통행금지) 시간이 거의 되어서였다. 예상한 일이지만 아버지는 빈 몸이었고 형편없이 힘이 빠져 있었다. 그 때까지 식구들은 아무도 잠들지 않았다. 작은형도 일이 일인지라 기타도 치지 않고 죽은 듯이 방 안에만 처박혀 있었다. 아버지를 보고도 아무도 말을 하지 않았다. 다만 할머니만이 말을 걸었다.

"이제 오니?"

"네."

그뿐, 아버지는 더는 말이 없었다. 그러고는 어머니가 보아 온 밥상을 한옆으로 밀어 놓고는 쓰러지듯 방 한가운데 드러눕고 말았다. 아버지는 지금 내일부터 당장 벌이를 나갈 수 없는 아픔보다도 길들여 키워 온 노새가

부산하다 어떤 일로 바쁘다.
투레질 말이나 당나귀가 코로 숨을 급히 내쉬며 투루루 소리를 내는 일

가여워서 저러는지도 모를 일이었다. 아버지는 원래가 마부였다. 서울에 올라오기 전 시골에서도 줄곧 말마차를 끌었다. 어쩌다가 소달구지를 끄는 적도 있기는 했으나 얼마 가지 않아서 도로 말마차로 바꾸곤 했다. 그런 아버지였으므로 서울에 올라와서는 내내 말마차 하나로 버텨 나왔었는데 어떻게 마음먹었는지 노새로 바꾸고 만 것이다. 노새나 말이나 요즘은 그 놈의 삼륜차 때문에 아버지의 일감이 자칫 줄어드는 듯하기도 했다. 웬만한 오르막길도 끄떡없이 오르고, 웬만한 골목 안 집까지도 드르륵 들이닥치니 아버지의 말마차가 위협을 느낌 직도 했고, 사실 일감을 빼앗기기도 했다. 그런데도 그 때마다 아버지는 큰소리였다. "휘발유 한 방울 안 나오는 나라에서 자동차만 많으면 뭘 해." 마치 애국자처럼 말하는 것이었으나 나는 아버지의 그 말 뒤에 숨은 오기 같은 것을 느낄 수 있었다. 너무 고단해서였을까, 이 날 밤 나는 앞뒤를 가릴 수 없을 만큼 깊이 잠에 빠졌던 것 같다.

★ 바퀴가 앞에 한 개, 뒤에 두 개 달려 있는 차이다. 1960~1970년대에 많이 제작되어 주로 짐을 실어 나르는 데 쓰였다.

골목에서 뛰쳐나온 노새는 큰길로 나오자 잠시 망설이다가 곧 길 복판으로 뛰어 들어갔다. 그러자 달려가고 달려오던 차들이 브레이크를 밟느라고 찍, 찍 소리를 냈으나 노새는 그걸 본체만체하고 달렸다. 어디서 뛰어나왔는지 교통순경이 호루라기를 불며 달려오다가 노새가 가까이 오자 혼비백산해서 도망갔다. 인도를 걸어가던 사람들이 일제히 발을 멈추고 노새의 가는 곳을 쳐다보곤 저마다 놀라고, 또는 재미있다는 표정을 지었다.

"허허, 저 놈이 제 세상 만났군."

"고삐 풀린 말이라더니 저 놈도 저렇게 한번 뛰어 보고 싶었을 거야."

"엄마, 저게 뭔데 저렇게 뛰어가? 말이지?"

"글쎄, 말보다는 작은데 노새 같다, 얘."

사람들이 그러거나 말거나 노새는 뛰고 또 뛰었다. 연탄 짐을 매지 않은 몸은 훨훨 날 것 같았다. 가파른 길도 없었고 채찍질도 없었고 앞길을 막는 사람도 없었다. 신호등에 파란불이 켜진 때도 있었고 노란불이 켜진 때도 있었으며 빨간불이 켜진 때도 있었으나, 막무가내로 그냥 뛰기만 했다. 노새는 이윽고 횡단보도에 이르렀다. 마침 파란불이 켜져서 우우 하고 길을 건너던 사람들이, 앗, 엇, 외마디 소리를 지르며 <mark>풍비박산</mark>이 되었다. 보퉁이를 이고 가던 아주머니가 오메 소리를 지르며 퍽 그 자리에 넘어지자 머리 위에 있던 보퉁이가 데구루루 굴렀다. 다정히 손잡고 가던 모녀가 어머멋 소리를 지르며 제자리에 우뚝 섰다. 재잘거리며 가던 두 아가씨가 엄마! 소리를 지르며 한꺼번에 엉켜 넘어졌다. 자전거에 맥주 상자를 싣고 기우뚱기우뚱 건너가던 인부가 앞사람이 갑자기 뒷걸음질 치는 바람에 자전거의 핸들을 놓쳐 중심을 잃은 술 상자가 우르르 넘어졌다. 밍크 목도리에 몸을 휘감고 가던 아주머니가 나 몰라! 하고 소리를 지르며 홱 돌아서다가 자기도 모르게 옆에 있는 낯모르는 아저씨 품에 안겼다. 땟국이 잘잘 흐르는 잠바 청년 하나가 이 때 워! 워! 하면서 앞을 가로막았으나 노새가 앞다리를 번쩍 한 번 들자 어이쿠 소리를 지르면서 인도 쪽으로 도망갔다.

소달구지 소가 끄는 수레
혼비백산(魂飛魄散) 혼백이 어지러이 흩어진다는 뜻으로, 몹시 놀라 넋을 잃음을 이르는 말
풍비박산(風飛雹散) 사방으로 날아 흩어짐

　노새는 그대로 달렸다. 뒤미처 순경이 쫓아오는 소리가 나고 앵앵거
리며 백차가 따라오고 있었다. 노새는 그러나 아랑곳하지 않았다. 노새
는 어느덧 번화가에 들어서고 있었다. 여기는 아까의 횡단길보다도 더
욱 사람이 많았다. 노새는 자꾸 자동차가 걸리는 것이 귀찮았던지 성큼
인도 쪽으로 방향을 꺾었다. 그러자 이번에는 더욱 요란스런 혼란이 벌
어졌다. 사람들은 달랑달랑하는 노새의 목에 달린 방울 소리가 들릴 때
는 호기심으로 그 쪽을 쳐다보았다가도, 금세 인파가 우, 우, 이리 몰리
고 저리 몰리고 하면서 눈앞에 노새가 뛰어오자 어쩔 바를 모르고 왝,
왝, 소리를 지르며 달아나기에 바빴다. 분홍색 하이힐짝이 나뒹굴고,
곱게 싼 상품 상자들이 이리저리 흩어졌다. 신사가 한옆으로 급히 비키
다가 콘크리트 전봇대에 이마를 찧고, 군인이 앞사람의 뒤꿈치에 밟혀
기우뚱하다가 뒤에 오는 할아버지를 안고 넘어졌다. 배지를 단 여대생
이 황망히 길옆 제과점으로 도망치다가 안에서 나오던 청년과 마주쳐
나무토막 쓰러지듯 넘어지고, 아이스크림을 핥고 가던 꼬마 둘이 얼싸
안고 넘어졌다.

　번화가 옆은 큰 시장이었다. 노새가 이번에는 그 시장 속으로 뚫고
들어갔다. 머리에 수건을 동이고 좌판 앞에 앉아 있던 아낙네들이 아이
구 이걸 어쩌지, 하면서 벌떡 일어서는 것을 신호로, 시장 안에 벌집 쑤
신 듯한 소동이 사방으로 번져 갔다. 콩나물 통이 엎어지고, 시금치가
흩어지고, 도라지가 짓이겨지고, 사과알이 데굴데굴 굴렀다. 미꾸라지
통이 엎어지고 시루떡이 흩어지고, 테토론 옷감이 나풀거리고 제주 밀
감이 사방으로 굴렀다. 갈치가 뛰고 동태가 날고, 낙지가 미끈둥미끈둥

202

길바닥을 메웠다. 연락을 받고 달려왔는지 시장 경비원 두세 명이 이 놈의 노새, 이 놈의 노새, 하면서 앞뒤를 막았으나 워낙 젖 먹던 힘까지 다 내서 길길이 뛰는 노새를 붙들지는 못하고, 저 노새 잡아라, 저 노새, 하고 외치며 이리 뛰고 저리 뛰고 할 뿐이었다.

골목을 뛰쳐나온 지 한 시간이 지났을까, 노새는 시장 안에서 한바탕 북새를 떨고는 다시 한길로 나왔다. 이 무렵에는 경찰에 비상이 걸렸는지 곳곳에 모자 끈을 턱에까지 내린 경찰관들이 지키고 서 있었다. 서울 장안이 온통 야단이 난 모양이었다. 군데군데 무전차가 동원되어 자기네끼리 노새의 방향에 대해서 연락을 취하고 있었다. 그러나 노새는 미리 그것을 알고라도 있는 듯 용케도 경비가 허술한 길만을 찾아 잘도 달려갔다. 모가지는 물론, 갈기며 어깻죽지, 그리고 등허리에 땀이 비 오듯 해서 네 다리에 물이 주르르 흐르고 있었다. 검은 물이. 노새는 벌써 한강 다리를 건너고 있었다. 노새는 얼핏 좌우로 한강 물을 한 번 훑어보더니 여전히 뛰어가면서도 길게 심호흡을 하였다. 다리를 건너고 얼마를 가자 길이 넓어지고 앞이 툭 트였다. 고속도로였다. 노새는 돈도 안 내고 톨게이트를 빠져나가더니 그 때부터는 다소 속도를 늦추었다. 그러나 절대로 뛰는 일을 멈추지는 않았다.

알고 나면 더 재밌어요!

자유롭게 달아나는 노새
이 부분은 노새를 잃어버린 날 밤 '내'가 꾼 꿈이다. '나'의 꿈 속에서 노새는 서울 거리에서 한바탕 소동을 일으키고 한강 다리를 건너 고속도로를 달린다. 고향을 떠나 서울에 정착하여 힘겹게 살아가는 사람들은 꿈 속의 노새처럼 자유롭게 고향으로 뛰어가고 싶을 것이다. 그런 자유에 대한 소망이 '나'의 꿈 속에서 마음껏 달려가는 노새의 모습으로 표현되고 있다.

초등필수 단어장

번화가(繁華街) 사람이 많이 다니고 상점이 많은, 도시의 거리
인파(人波) '사람의 물결'이라는 뜻으로, 수많은 사람을 이르는 말
좌판(坐板) 팔기 위하여 물건을 벌여 놓은 널조각
테토론(tetoron) 질기고 주름이 잘 지지 않는 합성 섬유의 한 종류로 상품명이다.
북새 많은 사람이 야단스럽게 부산을 떨며 법석이는 일
장안(長安) 수도라는 뜻으로, '서울'을 이르는 말
무전차(無電車) 무전기가 설치되어 있는 자동차
톨게이트(tollgate) 고속도로 등에서 통행료를 받는 곳

여느 날보다 다소 늦게 일어난 나는 간밤의 꿈으로 하여 어쩐지 마음이 헛헛했다. 꿈 그대로라면 우리는 다시는 그 노새를 찾지 못할 것이 아닌가. 꿈대로라면 우리 노새는 고속도로를 따라 멀리멀리 달아나서 우리가 도저히 찾을 수 없는 곳, 상상도 할 수 없는 곳에 가서 있는 것이 아닐까. 우리를 버리고 간 노새, 그는 매일매일 그 무거운, 그 시커먼 연탄을 끄는 일이 지겹고 지겨워서 다시는 돌아오지 못할 자기의 보금자리를 찾아 영 떠나가 버렸는가. 아버지와 내가 집을 나선 것은 사람들이 아직 출근하기도 전인 이른 새벽이었다. 큰길로 나오자 두 사람은 막상 어느 쪽부터 뒤져야 할지 막연하기만 했다. 둘 중 아무도 말을 꺼내지는 않았으나 부자는 잠깐 주춤하다가 동네와는 딴 방향으로 걷기 시작했다. 새벽이라 그런지 사람은 그리 많지 않은데 날씨가 몹시도 찼다. 길은 단단히 얼어붙고 바람은 매웠다. 귀가 따갑게 아려 오는 듯하자 아랫도리로 냉기가 찰싹찰싹 달라붙었다.

"아버지, 시장으로 가 봐요."

나는 언뜻 간밤의 꿈이 생각났다.

"시장은 왜?"

"혹시 알아요, 노새가 뛰어가다가 시장기가 들어 시장 쪽으로 갔는지."

나는 말해 놓고도 좀 우스웠지만 아버지도 별 싱거운 녀석 다 보겠다는 듯이 시큰둥한 태도였다. 아버지는 키가 컸다. 그래서 그런지 급히 서둘지도 않고 보통 걸음으로 걷는데도 나는 종종걸음을 쳐야 따라갈 수 있었다. 나는 할 수 없이 한 손을 내밀어 아버지의 손을 잡았다. 아버지의 손은 크고 투박하고 나무토막처럼 단단했다. 끌려가듯 따라가면서도 나는 좀 우스웠다. 이 날까지는 이런 일을 생각할 수도 없었다. 아버지와 손을 잡고 길을 걷는다는 것은 꿈에도 상상할 수 없는 일이었다. 그렇게 지내 왔는데, 오늘 나는 아주 자연스럽게 아버지와 손을 맞잡고 길을 걷고 있다. 좀 우쭐한 생각이 들었다. 하지만 아무도 그런 우리를 부러운 눈초리로 쳐다보지는 않았다.

☆ '나'는 아버지와 함께 노새를 찾아다니며 아버지에게 부쩍 친근감을 느끼고 가까워지고 있다.

　아버지와 나는 한도 끝도 없이 걸었다. 어느새 거리는 점심때쯤 되었고, 눈발이 비치기 시작했다. 어느 곳을 가나 거리는 사람으로 붐벼 있었고, 그 많은 사람들은 우리 부자더러 어디를 그리 바삐 가느냐고, 노새를 찾아다니느냐고 묻지 않았고, 아버지와 나는 아무에게도 노새를 보지 못했느냐고 묻지 않았다. 다리는 쇠사슬을 단 것처럼 무겁고, 배가 고프고 쓰렸다. 나는 그런 우리가 옛날얘기에 나오는 길 잃은 나그네 같다고 생각했다. 길은 멀고 해는 저물었는데, 쉬어 갈 곳이라고는 없는 그런 처지 같았다. 아무리 가도 인가는 나타나지 않고, 멀리서 깜박깜박 비치는 불빛도 없었다. 보이느니 거친 산과 들뿐 사람이나 노새는 보이지 않았다.

　아버지와 내가 동물원에 들어간 것은 거의 해가 질 무렵이었다. 어떻게 해서 동물원에 들어오게 되었는지 나는 잘 기억해 낼 수가 없다. 둘 중의 아무도 동물원에 들어가자고 말한 사람은 없었는데 어째서 발길이 이 곳으로 돌려졌는지 모른다. 정처 없이 걷다가 마침 닿은 곳이 동물원이어서 그냥 대수롭지 않게 들어왔는지도 모르겠다. 하여튼 나는 희한한 곳엘 다 왔

헛헛하다　채워지지 아니한 허전한 느낌이 있다.
시장기　배가 고픈 느낌
인가(人家)　사람이 사는 집

다 싶었다. 내 경우 동물원에 와 본 것은 지금까지 딱 한 번밖에 없었으니까. 그것도 어린이날 무료 공개한다는 바람에 동네 조무래기들과 함께 와 본 것뿐이었다. 그 때는 사람들에 치여 제대로 구경도 못 했는데 지금 나는 구경꾼도 별로 없는 동물원을 더구나 아버지와 함께 오게 되었으니 참 가다가는 별일도 있는 것이구나 하였다. 남들 눈에는 한가하게 동물원 구경을 온 다정한 부자로 비칠 것이 아닌가. 동물원 안은 조용하고 을씨년스러웠다. 동물들은 제집에 처박혀 있거나 가느다란 석양이 비치는 곳에 웅크리고 있거나 하였다. 막상 들어온 아버지는 그런 동물들을 별로 눈여겨보지 않았다. 동물들의 우리를 보다가 하늘을 보다가 할 뿐, 눈에 초점이 없었다. 칠면조도 사자도 호랑이도 원숭이도 사슴도 그런 눈으로 건성건성 보고 지나갈 뿐이었다. 그러던 아버지가 잠시 발을 멈춘 곳은 얼룩말이 있는 우리 앞이었다. 얼룩말은 두 마리였다. 아버지는 그러나 그 앞에서도 멍하니 서 있기만 하지 이렇다 할 감정의 표시를 하지 않았다. 나는 그런 아버지를 한 번 쳐다보고, 얼룩말을 한 번 쳐다보고 하였다. 그러다가 아버지의 얼굴이 어쩌면 그렇게 말이나 노새와 닮았는지 모르겠다고 생각하였다. 그렇게 생각하고 보니 꼭 그랬다. 길게 째진, 감정이 없는 눈이며 노상 벌름벌름한 코, 하마 같은 입, 그리고 덜렁하니 큰 귀가 그랬다. 아버지가 너무 오래 말이나 노새를 다뤄 와서 그런 건지, 애당초 말이나 노새 같은 사람이어서 그런 짐승과 평생을 같이해 온 것인지는 알 수 없으나, 막상 얼룩말 앞에 세워 놓은 아버지는 영락없는 말의 형상이었다.

동물원을 나왔을 때 이미 거리는 밤이었다. 이번엔 집 쪽으로 걸었

⭐ '나'는 이 때 처음으로 아버지가 노새와 닮았다는 생각을 한다. 아버지에게 연민을 느끼며 아버지에 대한 이해가 깊어지고 있다.

206

다. 그럴 수밖에 우리는 더 갈 데가 없었던 것이다. 우리 동네가 저만치 보였을 때 아버지는 바로 눈앞에 있는 대폿집에서 발을 멈추었다. 힐끗 나를 돌아보고 나서 다짜고짜 나를 술집으로 끌고 들어갔다. 이런 일도 전에는 없던 일이었다. 술집 안에는 사람들이 가득 차서 왁왁 떠들어 대고 있었다. 돼지고기를 굽는 냄새, 찌개 냄새, 김치 냄새가 집 안에 가득했다. 사람들은 우리를 의아스런 눈초리로 쳐다보았으나 이내 시선을 거두고 자기들의 얘기 속으로 다시 들어갔다. 나는 들어가자마자 그 냄새를 힘껏 마셨다. 쓰러질 것 같았다. 아버지는 소주 한 병과 안주를 시키더니 안주는 내 쪽으로 밀어 주고 술만 거푸 마셔 댔다. 아버지는 술이 약한 편이어서 저러다가 어쩌나 하고 걱정이 되었다.

"아버지, 고만 드세요. 몸에 해로워요."

"으응."

대답하면서도 아버지는 술잔을 놓지 않았다. 얼마나 지났을까. 안주를 계속 주워 먹었으므로 어느 정도 시장기를 면한 나는 비로소 아버지를 쳐다보았다.

"이제부터 내가 노새다. 이제부터 내가 노새가 되어야지 별수 있니? 그 놈이 도망쳤으니까 이제 내가 노새가 되는 거지."

기분 좋게 취한 듯한 아버지는 놀라는 나를 보고 히 힝 한 번 웃었다. 나는 어쩐지 그런 아버지가 무섭지만은 않았다. 그러면 형들이나 나는 노새 새끼고, 어머니는 암노새고, 할머니는 어미 노새가 되는 것일

알고 나면 더 재밌어요!

노새와 아버지
노새는 어떤 존재인지 생각해 보자. 평생 무거운 짐을 나르며 살아가고, 도시에서는 곧 사라져 버릴 존재이다. 소외된 도시 노동자로 살아가며 가족을 부양하는 아버지는 자신을 노새와 동일시하고 있다.

초등필수 단어장

대폿집 큰 술잔으로 마시는 대폿술을 파는 집

까? 나도 아버지를 따라 히히힝 웃었다. 어른들은 이래서 술집에 오는 모양이었다. 나는 안주만 집어 먹었는데도 술 취한 사람마냥 턱없이 즐거웠다. 노새 가족—노새 가족은 우리 말고는 이 세상에 또 없을 것이었다.

그러나 이러한 생각은 아버지와 내가 집에 당도했을 때 무참히 깨어지고 말았다. 우리를 본 어머니가 허둥지둥 달려 나와 매달렸다.

"이걸 어쩌우. 글쎄 경찰서에서 당신을 오래요. 그 놈의 노새가 사람을 다치고 가게 물건들을 박살을 냈대요. 이걸 어쩌지."

"노새는 찾았대?"

"찾고나 그러면 괜찮게요? 노새는 간데온데없고 사람들만 다치고 하니까, 누구네 노새가 그랬는지 수소문 끝에 우리 집으로 순경이 찾아왔지 뭐유."

오늘 낮에 지서에서 나온 사람이 우리 노새가 튀는 바람에 여기저기서 많은 피해를 입었으니 도로 무슨 법이라나 하는 법으로 아버지를 잡아넣어야겠다고 이르고 갔다는 것이었다. 아버지는 술이 확 깨는 듯 그 자리에 선 채 한동안 눈만 뒤룩뒤룩 굴리고 서 있더니 힝 하고 코를 풀었다. 그러고는 아무 말 없이 스적스적 문밖으로 걸어 나갔다. 나는 "아버지." 하고 뒤를 따랐으나 아버지는 돌아보지도 않고 어두운 골목길을 나가고 있었다.

나는 그 순간 또 한 마리의 노새가 집을 나가는 것 같은 착각을 일으켰다. 그러고는 무엇인가가 뒤통수를 때리는 것을 느꼈다. 아, 우리 같은 노새는 어차피 이렇게 비행기가 붕붕거리고, 헬리콥터가 앵앵거리고, 자동차가 빵빵거리고, 자전거가 쌩쌩거리는 대처에서는 발붙이기 어려운 것인가 하는 생각이 들었다. 언젠가 남편이 택시 운전사인 칠수 어머니가 하던 말, "최소한도 자동차는 굴려야지 지금이 어느 땐데 노새를 부려." 했다는 말이 생각났다. 그러나 그것은 잠깐 동안이고 나는 금방 아버지를 쫓았다. 또 한 마리의 노새를 찾아 캄캄한 골목길을 마구 뛰었다.

꼭 필수 단어장

지서(支署) 본서에서 갈라져 나와 본서의 지휘를 받으면서 어느 지역의 일을 맡아보는 관청. 특히, '경찰 지서'를 이른다.
스적스적 물건이 서로 맞닿아 자꾸 비벼지는 소리 또는 모양
대처(大處) 사람이 많이 살고 상공업이 발달한 번잡한 지역

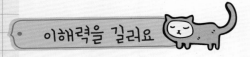

짧은 글 짓기를 해 보아요

1 비단

2 데면데면하다

3 부산하다

4 인파

5 헛헛하다

이해력을 길러요

1 이 소설의 제목인 '노새 두 마리'가 가리키는 대상은 누구인가요?

2 다음 구절에 드러나는 아버지의 처지와 생각은 어떠한가요?

노새나 말이나 요즘은 그 놈의 삼륜차 때문에 아버지의 일감이 자칫 줄어드는 듯하기
도 했다. 웬만한 오르막길도 끄떡없이 오르고, 웬만한 골목 안 집까지도 드르륵 들이닥
치니 아버지의 말마차가 위협을 느낌 직도 했고, 사실 일감을 빼앗기기도 했다.

아버지의 처지

"이제부터 내가 노새다. 이제부터 내가 노새가 되어야지 별수 있니? 그 놈이 도망쳤으
니까 이제 내가 노새가 되는 거지."

아버지의 생각

사고력을 길러요

1 이 소설의 시대 배경을 알 수 있게 해 주는 소재들을 찾아 적어 보세요.

2 다음의 행동에 드러나는 '나'의 마음을 헤아려 적어 봅시다.

자다가도 바로 옆 마구간에서 노새가 투레질하는 소리, 발을 들었다 놓았다 하는 소리를 들으면 왠지 마음이 놓였고, 길에서 놀다가도 저만치서 아버지에게 끌려오는 노새가 보이면 후딱 달려가 그 시커먼 엉덩이를 한 번 두들겨 주기도 했다.	
어느 곳을 가나 거리는 사람으로 붐벼 있었고, 그 많은 사람들은 우리 부자더러 어디를 그리 바삐 가느냐고, 노새를 찾아다니느냐고 묻지 않았고, 아버지와 나는 아무에게도 노새를 보지 못했느냐고 묻지 않았다.	

논리력을 길러요

1 소설을 다 읽은 후 이 '노새 가족'을 힘겹게 만드는 것이 무엇인지 이해할 수 있었나
  요? 각자 자신이 이해한 내용을 정리해 봅시다.

2 여러분이 이 소설 속의 소년이 되었다고 생각하고 아버지에게 편지를 써 봅시다.

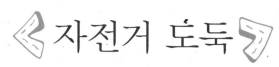

자전거 도둑

중학 국어 1-1 [교학사, 신사고]
중학 국어 1-2 [대교]

지은이를 알아 보아요!

박완서
1931~2011

　박완서 선생님은 경기도 개풍에서 태어나 숙명고등여학교를 거쳐 서울대학 국문과에 입학했으나 전쟁으로 인해 중퇴하였습니다. 결혼 후 마흔이 되어서야 작품 활동을 시작한 박완서 선생님은 장편 〈나목〉이 당선되며 등단한 후 많은 단편과 장편을 발표했습니다.

　6·25 전쟁과 분단 문제, 물질중심주의에 대한 비판, 여성 문제를 주로 다루며 대표 작가로 주목받았습니다. 박완서 선생님은 유려한 문체와 섬세한 감각, 치밀한 심리 묘사, 능청스러운 익살로 생생하게 현실을 그려 낸 작품 활동을 통해 한국 문학의 성숙을 보여 준 작가라는 평가를 받고 있습니다.

　대표작으로는 〈목마른 계절〉, 〈엄마의 말뚝〉, 〈살아 있는 날의 시작〉, 〈오만과 몽상〉, 〈미망〉, 〈그 많던 싱아는 누가 다 먹었을까〉 등이 있습니다. 한국문학작가상, 이상문학상 등을 수상하였습니다.

수남이는 청계천 세운 상가에서 일하는 십대 소년입니다.

수남이는 고향을 떠나 혼자 서울로 올라와 열심히 일하고 있습니다. 그리고 언젠가는 공부를 계속할 꿈도 갖고 있습니다.

그런데 바람이 많이 불던 어느 날 수남이에게 커다란 사건이 일어납니다. 수남이가 자전거 도둑이 되어 버린 것입니다. 고향을 떠나올 때 아버지는 도둑질만은 절대로 하지 말라고 신신당부를 하셨습니다.

오늘 밤, 수남이의 마음에는 황량한 바람이 불어 옵니다.

이 소설은 경제 개발이 활발하던 1970년대에 서울로 올라와 가게 점원으로 일하는 한 소년의 이야기를 담고 있습니다.

돈을 벌겠다고 고향을 떠났다가 도둑놈이 되어 돌아온 형 때문에 가족들은 모두 마음 아파 합니다. 그러나 형 대신 돈을 벌기 위해 서울로 올라온 수남이도 도둑이 되어 버립니다.

수남이는 매우 긍정적이고 밝은 아이입니다. 수남이는 고된 하루 일과도, 적은 월급도 힘들게 느끼지 않았습니다. 그러나 자신이 도둑놈일지도 모른다는 생각은 수남이를 힘들게 합니다.

수남이에게 일어난 사건이 무엇인지 함께 들어 봅시다. 수남이가 어떤 고민을 하고, 어떤 선택을 하는지 지켜봅시다. 주인공이 마음속 갈등을 해결하며 한 걸음 성숙해 가는 과정을 보면서 함께 성장하는 기쁨을 느끼는 것도 소설을 읽는 큰 즐거움이랍니다.

자전거 도둑

수남이는 청계천 세운 상가 뒷길의 전기용품 도매상의 꼬마 점원이
다.

☆ 1968년에 종로와 퇴계로 지역에
조성된 가전제품 상가 단지

수남이란 어엿한 이름이 있는데도 꼬마로 통한다. 열여섯 살이라지
만 볼은 아직 어린아이처럼 토실하니 붉고, 눈 속이 깨끗하다. 숙성한
건 목소리뿐이다. 제법 굵고 부드러운 저음이다. 그 목소리가 전화선을
타면 점잖고 떨떠름한 늙은이 목소리로 들린다.

이 가게에는 변두리 전기 상회나 전공들로부터 걸려 오는 전화가 잦
다. 수남이가 받으면,

"주인 영감님이십니까?"
하고 깍듯이 존대를 해 온다.

"아, 아닙니다. 꼬맙니다."

수남이는 제가 무슨 큰 실수나 저지른 것처럼 황공해하며 볼까지 붉

216

어진다.

"짜아식, 새벽부터 재수 없게 누굴 놀려. 너 이따 두고 보자."

이런 호령이라도 들려오면 수남이는 우선 고개를 움츠려 알밤을 피하는 시늉부터 한다. 설마 전화통에서 알밤이 튀어나올 리는 없는데 말이다. 실수만 했다 하면 알밤 먹을 것을 예상하고 고개가 자라 모가지처럼 오그라드는 게 수남이가 이 곳 전기 상회에 취직하고 나서부터 얻은 조건 반사다.

이 곳 단골손님들은 우락부락한 전공들이 대부분이어서 성질들이 거칠고 급하다. 자기가 요구하는 것을 수남이가 빨리 알아듣고 척척 챙기지 못하고 조금만 어릿어릿하면 '짜아식' 하며 사정없이 밤송이 같은 머리에 알밤을 먹인다.

수남이는 그 숱한 전기용품 이름을 척척 알아들을 수 있을 만큼 일에 익숙해질 때까지 숱한 알밤을 먹었다.

그런데 일에 익숙해진 후에도 수남이는 심심찮게 까닭도 없는 알밤을 얻어먹는다. 이 거친 사내들은 그런 짓궂은 방법으로 수남이를 귀여워하는 것이다. 예쁜 아이를 보면 물어뜯어 울려 놓고 마는 사람이 있듯이, 이 사내들은 그런 방법으로 수남이에게 애정 표시를 했다.

"짜아식, 잘 잤냐?"

"짜아식, 요새 제법 컸단 말야. 장가들여야겠는데, 짜아식 좋아서……."

그러곤 알밤이다. 주먹과 팔짓만 허풍스럽게

도매상(都賣商) 물건을 소비자에게 팔지 않고 소매상에 한꺼번에 많이씩 파는 가게
숙성하다 나이에 비하여 정신적, 육체적 발달이 빠르다.
저음(低音) 낮은 소리
전공(電工) 발전, 변전, 전기 장치의 가설 및 수리 따위의 작업에 종사하는 직공
호령(號令) 큰 소리로 꾸짖거나 명령하여 외침
조건 반사(條件反射) 동물이 환경에 적응하기 위해 후천적으로 얻게 되는 반사
어릿어릿하다 말과 행동이 활발하지 못하고 자꾸 생기 없이 움직이다.

컸지, 아주 부드러운 알밤이다. 그러니까 수남이는 그만큼 인기 있는 점원인 셈이다.

수남이는 단골손님들에게만 인기가 있는 게 아니라, 주인 영감에게도 여간 잘 뵌 게 아니다. 누구든지 수남이에게 알밤을 먹이는 걸 들키기만 하면 단박 불호령이 내린다.

"왜 하필 남의 머리를 쥐어박어? 채 굳지도 않은 머리를. 그게 어떤 머린 줄이나 알고들 그래, 응? 공부 많이 해서 대학도 가고 박사도 될 머리란 말야. 임자들 같은 돌대가리가 아니란 말야."

그러면 아무리 막돼먹은 손님이라도 선생님 꾸지람에 떠는 초등학생

처럼 풀이 죽어서 수남이에게 진심으로 미안해했다. 그러고는,

"꼬마야, 그럼 너 요새 어디 야학이라도 다니니?"

하며 은근히 부러워하는 눈치까지 보였다. 그러면 영감님은 딱하다는 듯이 혀를 차며,

"아니, 야학은 아무 때나 들어가나. 똥통 학교라면 또 몰라. 수남이는 내년 봄에 시험 봐서 들어가야 해. 야학이라도 일류로, 그래서 인석이 그저 틈만 있으면 책이라고. 허허……."

수남이는 가슴이 크게 출렁거린다. 수남이는 한 번도 주인 영감님에게 하다못해 야학이라도 들어가 공부를 해 보고 싶단 말을 비친 적이 없다. 맨손으로 어린 나이에 서울에 와서 거지도 안 되고 깡패도 안 되고 이런 어엿한 가게의 점원이 된 것만도 수남이로서는 눈부신 성공인데, 벼락 맞을 노릇이지, 어떻게 감히 공부까지를 바라겠는가.

그러면서도 자기 또래의 고등학생만 보면 가슴이 짜릿짜릿하던 수남이다. 처음 전기용품 취급이 서툴러 시험을 하다 툭하면 손끝에 감전이 되어 짜릿하며 화들짝 놀랐던 것처럼, 고등학교 교복은 수남이의 심장에 짜릿한 감전을 일으키며 가슴을 온통 마구 휘젓는 이상한 힘이 있었다.

그런 수남이의 비밀을 주인 영감님은 알고 있었던 것이다. 수남이는 부끄럽고도 기뻤다.

그래서 수남이는 "내년 봄에 시험 봐서 들어가야 해. 야학이라도 일류로……." 할 때의 주인 영감님이 그렇게 좋을 수가 없다. 그 소리를 듣기 위해서라면 그까짓 알밤쯤 하루 골백번을 맞으면 대수랴 싶다. 그런 소리

단박 그 자리에서 바로
임자 친한 사람들끼리 '자네'라는 뜻으로 서로 좀 높여 부르는 말
야학(夜學) 직장 등으로 낮에는 공부할 수 없는 사람들이 밤에 모여 수업하는 교육 기관
감전(感電) 전기가 몸에 닿아서 충격을 받음

☆ 수남이는 고등학교 교육을 받지 못하고 가게 점원으로 일하고 있다. 수남이의 마음속에는 다른 학생들처럼 학교에서 공부하고 싶은 마음이 있음을 알 수 있다.

를 자기를 위해 해 주는 주인 영감님을 위해서라면 뼛골이 부러지게 일
을 한들 눈꼽만큼도 억울할 것이 없을 것 같다. 월급은 좀 짜게 주지만,
그 감미로운 소리를 어찌 후한 월급에 비기겠는가.

수남이의 하루는 눈코 뜰 새 없이 고단하지만 행복하다. 내년 봄—내
년 봄은 올 봄보다는 멀지만 오기는 올 것이다. 그리고 영감님이 잘못
알아서 그렇지 시험 볼 때는 봄이 아니라 겨울이다. 겨울은 봄보다 이
르다.

수남이는 온종일 눈코 뜰 새 없이 바쁘게 일을 하고 밤에는 가게 방
에서 숙직을 한다. 꾀죄죄한 다후다 이불에 몸을 휘감고 나면 방바닥이
야 차건 더웁건 잠이 쏟아진다.

그럴 때 "인석은 그저 틈만 있으면 책이라고." 하던 주인 영감님의
목소리가 생생하게 들려온다. 수남이는 낮 동안 책은커녕 신문 한 귀퉁
이 읽은 적이 없다. 도대체가 그럴 틈이 없다. 점원이 적어도 세 명은
있어야 해낼 가게 일을 혼자서 해내자니 여간 벅찬 것이 아니다. 그래
도 수남이는 혹사당하고 있다는 억울한 생각 같은 것은 전혀 없다. 어
쩌다 남들이 영감님에게

"꼬마 혼자 데리고 벅차시겠습니다. 좀 큰 애 하나 더 쓰셔야죠."
영감님은 그런 소리를 제일 싫어한다. 벌레라도 씹어 먹은 듯이 이상
야릇한 얼굴로 상대방을 흘겨보며,

"누가 뭐 사람 더 쓰기 싫어 안 쓰나. 어디 사람 같은 놈이 있어야 말
이지. 깡패 놈이라도 걸려들어 봐. 우리 수남이가 물든다고. 이런 순진
한 놈일수록 구정물 들긴 쉽거든."

얼마나 고마운 주인 영감님인가. 이런 고마운 어른을 위해 그까짓 세 사람이 할 일 혼자 못 할까 하고 양팔의 근육이 팽팽히 긴장한다. 그런 고마운 어른이 보지도 않는 책을 틈만 있으면 본다고 남들에게 자랑을 한 뜻은 밤에라도 잠만 자지 말고 열심히 공부해 두라는 뜻일 것이다. 수남이가 그렇게 풀이한 것이다. 그런 생각을 하면 눈이 말똥말똥해지며 잠이 저만큼 달아난다. 혹시나 하고 보따리 속에 찔러 가지고 온 중학교 때 교과서랑 고등학교까지 다닌 형이 쓰던 참고서 나부랭이를 이렇게 유용하게 쓸 줄은 정말 몰랐었다. 책이라야 통틀어 그것뿐이다.

주인 영감님이 심심할 때 사 본 주간지 같은 것이 굴러다닐 적도 있어서 소년다운 호기심이 동하지 않는 것도 아니었지만 "인석이 그저 틈만 있으면 책이라고." 하며 주인 영감님이 가리키는 책이란 결코 이런 주간지 조각이 아닐 것이라는 영리한 짐작으로 수남이는 결코 그런 데 한눈을 파는 법이 없다. 시간이 아까워서라도 그렇게는 할 수 없다.

가게를 닫고 셈을 맞추고 주인댁에서 날라 온 저녁을 먹고 나서 혼자가 될 수 있는 시간은 거의 11시경이다.

그 때부터 공부라고 해야 되는 것이다. 그러고도 수남이는 이 동네 가게의 누구보다도 먼저 일어나야 하는 것이다. 수남이의 부지런함은 이 근처에서도 평판이 자자했다.

제일 먼저 가게 문을 열고, 물뿌리개로 골목길에 물을 뿌리고는 긴 골목길을 남의 가게 앞까지 말끔히 쓸고 나서 가게 안 물건 먼지를 털고, 어

초등필수 단어장

숙직(宿直) 직장에서 잠을 자며 건물이나 시설 등을 지킴
다후다 태피터(taffeta). 광택이 있는 얇은 평직 견직물. 여성복이나 양복 안감, 넥타이, 리본 따위를 만드는 데에 쓴다.
나부랭이 어떤 물건이나 사람을 하찮게 여겨 이르는 말
주간지(週刊誌) 한 주일에 한 번씩 발행하는 잡지
평판(評判) 세상 사람들의 평가나 판단

떡하면 보기 좋을까 연구를 해 가며 다시 진열을 하고 제 몸단장까지 개운하게 끝낸다. 그제야 주인 영감님이 나온다.

주인 영감님은 만족한 듯 빙긋 웃고 "짜아식" 하며 손으로 수남이의 머리를 더듬는다. 그러나 알밤을 먹이는 일은 한 번도 없었다. 따뜻하고 큰 손으로 머리를 빗질하듯 두어 번 쓸어내려 주고는, 부드러운 볼로 해서 둥근 턱까지를 큰 손바닥에 한꺼번에 감쌌다가는 다시 한 번 "짜아식" 하곤 놓아 준다. 수남이는 그 시간이 좋다. 그래서 남보다 일찍 일어나야 하는 것이다.

아직은 육친애에 철모르고 푸근히 감싸여야 할 나이다. 그를 실제 나이보다 어려 뵈게 하는, 아직 상하지 않은 순진성이 더욱 그에게 육친애를 목마르게 한다. 주인 영감님의 든든하고 거친 손에서 볼과 턱을 타고 전해 오는 따뜻함, 훈훈함은 거의 육친애적이었고 그래서 수남이는 그 시간이 기다려질 만큼 좋았고, 꿀같이 단 새벽잠을 떨쳐 낸 보람을 느끼고도 남을 충족된 시간이기도 했다. ☆ 수남이는 아직 어른의 따뜻한 품이 그리운 소년이다. 수남이가 주인 영감님에게 아버지 같은 정을 느끼고 의지하고 있음을 이해하자.

그 어느 해보다도 긴 겨울이 가고 봄이 왔다. 내년 봄이 아니라 올 봄이 온 것이다. 캘린더에는 벚꽃이 만발해 있었다. 그런데도 그 어느 해보다도 길게 해 먹은 겨울은 뭘 아직도 덜 해 먹었는지 화창한 봄날에 끼어들어 심술을 부렸다. 별안간 기온이 급강하하더니 바람까지 세차게 몰아쳤다.

낮 동안 떼어서 세워 놓은 가게 판자 문이 요란한 소리를 내고 나자빠지는가 하면, 가게 함석 지붕은 얇은 헝겊처럼 곧 뒤집힐 듯이 펄럭대고, 골목 위 공중을 가로지른 전화줄에서는 온종일 귀신의 휘파람 같

222

은 이상한 소리가 났다.

낮에는 이 가게 골목에서 사고까지 났다. 전선을 도매하는 집 아크릴 간판이 다 마른 빨래처럼 휠휠 나는가 했더니, 곧장 땅으로 떨어지면서 때마침 지나가던 아가씨의 정수리를 들이받고 떨어졌다.

피가 아가씨의 분결 같은 볼을 타고 흘러 흰 스웨터에 선명한 붉은 반점을 줄줄이 그렸다. 피를 보자 다 큰 아가씨가 어린애처럼 앙앙 울어 댔다.

가게마다에서 사람들이 뛰어나왔으나 아가씨를 부축해서 병원으로 달려간 것은 바람에 간판을 날린 전선 도매집 주인 아저씨였다.

사람들은 모두 치료비를 톡톡히 부담해야 할 그 아저씨를 동정했다. 지랄스런 바람이지, 그 아저씨가 무슨 잘못이 있기에 생돈을 빼앗기냐고, 그렇지만 돈지갑 옆구리에 차고 부는 바람 못 봤으니, 그 재수 나쁜 아가씬들 그 재수 나쁜 아저씨한테 떼를 쓸 밖에 도리 없지 않겠느냐고 사람들은 쑥덕댔다.

하여튼 수남이가 알 수 있는 것은 그 아가씨도 그렇고 그 아저씨도 그렇고 오늘 재수 옴 붙었다는 것뿐이었다.

수남이는 문득 자기도 재수 옴 붙을 것 같은 예감이 들었다. 그래서 화들짝 놀라 큰 간판을 다시 점검하고 힘껏 흔들어 보고, 대롱대롱 매달린 아크릴 간판은 아예 떼어서 안에다 갖다 두고, 떼어 세워 놓은 빈지문은 좁은 옆 골목 변소 앞에 끼워 놓았다.

바람 부는 서울의 뒷골목은 흉흉하고 을씨년스러웠다. 먼지는 물론 온갖 잡동사니들이 다 날아들어 쓰레기 무더기를 만들었다. 쓸어도 쓸어도 당해 낼 도리가 없었다.

손님도 딴 날보다 적고 수남이는 까닭 없이 마음이 울적했다.

시골의 바람 부는 날 풍경이 생생하게 떠올랐다. 보리밭은 바람을 얼마나 우아하게 탈 줄 아는가, 큰 나무는 바람에 얼마나 안달맞게 들까부는가, 큰 나무와 작은 나무가 함께 사는 숲은 바람에 얼마나 우렁차고 비통하게 포효하는가, 그것을 알고 있는 것은 이 골목에서 자기 혼자뿐이라는 생각이 수남이를 고독하게 했다.

전선 가게 아저씨가 어두운 얼굴을 하고 돌아왔다. 가게 주인들이 우르르 전선 가게로 모였다. 아가씨의 안부보다도 그 아저씨 손해가 얼마인가, 모두 그것이 궁금한 모양이었다.

수남이네 주인 영감님도 가더니, 한참 만에 돌아오면서 하늘을 쳐다보며 욕지거리를 했다.

"육시랄 놈의 바람, 무슨 끝장을 보려고 온종일 이 지랄이야."

아마 전선 가게 아저씨 손해가 대단했던 모양이다. 그래서 동정 삼아 그렇게 화를 내는 눈치다. 하긴 그런 일이 아니더라도 서울 사람들에게는 바람이 손톱만큼도 반가울 리가 없겠다. 바람의 의미를, 간판이 날아가는 횡액, 한없이 날아오는 먼지, 쓰레기, 그것밖에 모르니까.

봄바람이 게으른 나무들에게, 잠든 뿌리들에게, 생경한 꽃망울들에게 얼마나 신기한 마술을 베풀고 지

알고 나면 더 재밌어요!

서울의 바람
이 소설에서 '바람'은 사건이 일어나는 계기이면서 동시에 시골의 바람과는 대조적으로 서울의 황량함을 표현해 주는 소재이기도 하다.

나갔냐를 모르니까. 봄바람이 한차례 지나고 거짓말같이 화창하고 아늑하게 갠 날, 들판이나 산등성이에 있어 본 적이 없을 테니까.

수남이는 다시 한 번 울고 싶도록 고독해진다.

전화를 받은 주인 영감님이 좀 생기가 나더니 계산서를 작성해 주면서 ××상회에 20W 형광 램프 다섯 상자만 배달해 주고 오란다. 가까운 데 있는 소매상에서는 이렇게 전화 주문으로 배달까지를 부탁해 오는 수가 많다. 수남이는 자전거도 잘 타 배달이라면 문제도 없다.

그래도 오늘은 바람이 유난해서 조심하느라 형광 램프 상자를 밧줄로 꼼꼼히 묶는다. 주인 영감님까지 묶는 걸 거들어 주면서,

"인석아, 까불지 말고 조심해. 사고 내 가지고 누구 못할 노릇 시키지 말고."

오늘 장사가 좀 잘 안 돼서 그런지 말씨가 퉁명스럽긴 했지만, 나쁜 말은 아닌데도 수남이는 고깝게 듣는다.

꼭 네깐 놈 다칠 게 걱정이 아니라 나 손해 볼 게 겁난다는 소리로 들린다.

수남이는 보통 때 같으면 "할아버지, 다녀오겠습니다." 하고 신바람 나게, 그리고 붙임성 있게 외치고는 방긋 웃어 보이고 나서야 페달을 밟고 씽 달렸을 터인데, 오늘은 왠지 그래지지가 않는다. 아무 말 안 하고 자전거를 무거운 듯이 질질 끌다가 뭉기적 올라타면서 느릿느릿 페달을 젓는다. 주인 영감님이 뒤에서 악을 쓴다.

"인석아, 조심해. 까불지 말고."

꼭 필수 단어

들까불다 위아래로 심하게 흔들다.
욕지거리 '욕설'을 속되게 이르는 말
횡액(橫厄) 뜻밖에 닥치는 불행
소매상(小賣商) 물건을 생산자나 도매상에게서 사들여 소비자에게 파는 가게
고깝다 섭섭하고 야속하여 마음이 언짢다.

주인 영감님의 목소리가 회오리바람을 타고 이상하게 날카롭고 기분 나쁘게 들린다. 수남이는 '쳇' 하고 혀를 차고는 도망치듯 씽 자전거의 속력을 낸다.

형광 램프를 ××상회에 부리고 나서 수금하는 데 또 한참이 걸린다. 장사꾼의 생리란 묘한 데가 있다.

수남이는 아직도 그 생리만은 이해가 안 될뿐더러 문득문득 혐오감까지 느끼고 있다.

금고에 돈을 수북이 넣어 놓고도 꼭 땡전 한 푼 없는 얼굴을 하고 도무지 돈을 내주려 들지를 않는다. 조금 있다 오란다. 그 동안에 수금이 되면 주겠다는 것이다.

그러나 이 쪽에선 그 수에 넘어가지 말고 악착같이 지키고 서서 받아 내야 하는 것이다. 그것이 수남이가 서울에 와서 점원 노릇 하면서 배운 상인 철학 제1항이었다.

"아유, 오늘 더럽게 장사 안된다."

××상회 주인은 니코틴이 새까맣게 달라붙은 이빨 안쪽을 드러내고 크게 하품을 한다. 돈을 빨리 안 주는 변명 같기도 하고, '인석아, 하루 종일 기다려 봐라, 누가 돈을 호락호락 내줄 줄 아니.' 하는 공갈 같기도 하다.

그러나 수남이는 들은 척도 안 하고 장승처럼 버티고 서 있다. 저런 수에 넘어가 호락호락 물러가면 주인 영감님에게 야단맞는 것도

맞는 거려니와, 앞으로 열 번도 넘게 헛걸음을 해
야 수금을 끝마칠 수 있기 때문이다.

그것도 목돈이 아니라 오백 원, 천 원씩 푼돈을
녹여서 말이다.

수금(收金) 받을 돈을 거두어들임
생리(生理) 생활하는 방식이나 습성
장승 마을 입구나 길가에 세우는, 나
무 기둥이나 돌 기둥의 윗부분에 사람
의 얼굴 모양을 새긴 푯말
목돈 액수가 큰 돈
푼돈 몇 푼 되지 않는 적은 돈
결제(決濟) 사업이나 영업 거래를 하
고 돈을 지급하여 거래를 마무리함

이럴 때 수남이는 이 세상에 장사꾼처럼 징그러
운 족속이 또 있을까 싶은 생각이 나서 한숨이 절로 난다. 그러면서도
자기도 어느 틈에 장사꾼다운 징그러운 수를 쓰고 만다.

"오늘 물건 대금은 꼭 결제해 주셔야 돼요. 은행 막을 돈이란 말예
요."
☆ 수남이는 잇속 빠른 장사꾼들을 이상하게 생각하면서도
어느 새 물이 들어 비슷한 말을 하고 있다.

수남이는 은행 막는다는 말의 정확한 뜻을 잘 모른다. 그 번들번들
하고 위엄 있는 은행이 뒤로 어디 큰 구멍이라도 뚫려 있단 소린
지, 뚫려 있기로서니 왜 장사꾼이 막아야 하는지 잘 모르는
채로, 급하게 돈을 받아 내려는 장사꾼들이 으레 심
각한 얼굴을 하고 그런 소리를 하길래 수남이
도 그래 보는 것이다.

"짜아식, 알았어. 기다려 봐. 돈 들어오는
대로 줄게."

주인이 퉁명스럽게 대답하곤 수남이의 머리에 힘
껏 알밤을 먹인다. 수남이는 잽싸게 고개를 움츠러
뜨렸는데도 눈에 눈물이 핑 돌 만큼 독한 알
밤이다.

장사 더럽게 안된다는 주인 말과는

달리 손님이 쉴 새 없이 들락거린다. 정말로 가게는 조그맣지만 길목이 아주 좋다. 수남이는 좁은 가게에서 이리 밀리고 저리 밀리면서 잘 버틴다. 버틸 뿐 아니라 속으로 돈이 얼마나 들어오나 암산까지 하고 있다.

소매상이라 큰돈은 안 들어와도 그 동안 들어온 돈이 어림잡아 만 원은 됨 직하다. 수남이는 비실비실 안 나오는 웃음을 웃으며,

"어떻게 결제 좀 해 줍쇼."

하고 또 한 번 빌붙는다. 주인은 "짜아식" 하며 또 한 번 알밤을 먹이곤 오백 원짜리, 백 원짜리 합해서 만 원을 세 번이나 세어 보더니 아까운 듯이 내준다.

"짜아식 끈덕지기는, 됐어."

칭찬인지 욕인지 모를 소리를 하고 찍 웃는다. 수남이는 주인이 세 번씩이나 세어서 준 돈을 또 두 번이나 센다. 그러고 나서야 "고맙습니다. 안녕히 계십쇼." 하고는 저만큼 자전거를 세워 놓은 쪽으로 횡하니 달음질친다.

바람이 여전하다. 저만큼서 흙먼지가 땅을 한 꺼풀 벗겨 홑이불처럼 둘둘 말아 오는 것같이 엄청난 기세로 몰려온다. 골목 안의 모든 것이 '뎅그렁', '와장창', '우르릉' 하고 제각기의 음색으로 소리 높이 비명을 지른다.

드디어 흙먼지 홑이불이 집어삼킬 듯이 수남이의 조그만 몸뚱이를 덮친다. 수남이는 눈을 꼭 감고 숨을 죽인다.

바람이 지난 후 수남이는 눈을 뜨고 침을 탁 뱉는다. 입속에 모래가

들어와 깔깔하고 목구멍이 알싸하니 아프다. 다시 자전거 쪽으로 걷는다. 조금 전만 해도 서 있던 자전거가 누워 있다. 그래도 날아가진 않았으니 다행이다.

자전거뿐 아니라 골목의 모든 것이 다 제자리에 그대로 있다. 수남이는 그것이 신기하다. 누워 있는 자전거를 일으켜 세우고 날렵하게 올라타 막 페달을 밟으려는데, 어디선지 고함 소리가 벽력같이 들린다.

"이 놈아, 어딜 도망가는 거야, 게 섰거라. 꼼짝 말고."

수남이는 자기에게 지르는 고함은 아니겠지 싶어 그대로 페달을 밟는다.

"아니 이 놈이, 어디로 도망을 가려고 이래."

뒷덜미를 사납게 붙들린다. 점잖고 깨끗한 신사다. 이런 신사가 자기에게 어떤 볼일이 있다는 것인지, 수남이는 도시 짐작을 할 수 없다. 게다가 신사는 몹시 화가 나 있다. 신사를 화나게 할 일을 자기가 저질렀다고는 더구나 생각할 수 없다.

"인마, 꼼짝 말고 있어."

신사의 말이 아니더라도 꼼짝할래야 할 수 있을 처지가 아니다. 꼼짝은커녕 숨도 제대로 쉴 수 없을 만큼 수남이의 뒷덜미는 신사의 손에 잔뜩 움켜쥐어져 있다.

"인마, 네 놈의 자전거가 쓰러지면서 내 차를 들이받았단 말야. 이런 고급 차를 말야. 이런 미련한 놈, 왜 눈은 째려, 째리긴. 그러니 내 차에 흠이 안 나고 배겼겠냐. 내 차는 인마, 여자들 손톱만 살짝

암산(暗算) 계산기나 필기도구를 쓰지 않고 머릿속으로 계산함
알싸하다 매운맛이나 독한 냄새 따위로 콧속이나 혀끝이 알알하다.
도시(都是) 도무지. 아무리 해도.

닿아도 생채기가 나는 고급 차야. 인마, 알간?"

그러고는 거울처럼 티 하나 없이 번들대는 차체를 면면히 훑어보더니 "그러면 그렇지." 하고 환성을 질렀다. 아마 생채기를 찾아낸 모양이다.

"일은 컸다. 인마, 칠만 살짝 긁혔어도 또 모르겠는데, 여봐라, 여기가 이렇게 우그러지기까지 했으니 일은 컸다, 컸어."

신사가 덩칫값도 못하게 팔짝팔짝 뛰면서 잘 봐 두라는 듯이 수남이의 얼굴을 차에다 바싹 밀어붙였다.

수남이는 차체에 비친 울상이 된 자기 얼굴을 볼 수 있을 뿐이었다. 꼭 오늘 재수 옴 붙은 일이 날 것 같더라만 이런 끔찍한 일이 일어나고 말았구나. 울음이 왈칵 솟구친다. 그러자 제 얼굴도, 차체의 흠도 아무것도 안 보이고 온 세상이 부옇게 흐려 보일 뿐이다.

"울긴, 인마. 너 한 달에 얼마나 버냐?"

신사의 목청이 다분히 누그러지며 목소리에 연민이 담긴 것을 수남이는 재빨리 알아차린다. 그러나 흑흑 소리까지 내어 운다.

"울긴 짜아식, 할 수 없다. 너나 나나 오늘 재수 옴 붙은 걸로 치고 반반씩 손해 보자. 오천 원만 내."

수남이는 너무 놀라 울음까지 끄르륵 삼키고 신사를 쳐다본다. 그 사이 사람들이 큰 구경이나 난 것처럼 모여들어 신사와 수남이를 에워싼다.

누군가가 뒤에서 "빌어, 이 놈아. 그저 잘못했다고 무조건 빌어." 하고 속삭인다. 수남이는 여러 사람들이 자기를 동정하고 있다고 느끼자

적이 용기가 난다.

"아저씨, 잘못했습니다. 한 번만 용서해 주십시오. 네, 아저씨."

제법 또렷한 소리로 용서를 빈다.

"용서라니, 이만큼 했으면 됐지 어떻게 더 용서를 해."

"아저씨, 그러시지 말고 한 번만 봐주셔요. 네, 아저씨."

수남이는 주머니에 들은 만 원 생각을 하면 얼굴이 화끈대고 공연히 무섭기까지 하다. 그렇지만 주인 영감님을 위해 그 돈만은 죽기를 무릅쓰고 지킬 각오를 단단히 한다.

"아니 욘석이 이제 보니 이런 큰일 저지르고 그냥 내뺄 심사 아냐? 요런 악질 녀석 같으니라고."

신사의 표정은 은은히 감돌던 연민이 싹 가시고 점잖게 무표정해진다.

그러고는 옆에 섰던 운전사인 듯한 남자에게,

"안되겠네. 요런 악질 깡패 녀석하고 시비해 봤댔자 공연히 시간만 낭비니, 자네 자물쇠 하나 마련해다 주게. 이 녀석 자전걸 잡아 놓기로 하세. 언제든지 오천 원 가져와서 찾아가라고."

그러고는 주머니에서 오백 원짜리를 한 장 꺼내서 운전사에게 주는 것이었다. 수남이로서는 전혀 예기치 못했던 사태였다.

주머니의 만 원에 대해서만 생각했었지 자전거에 대해선 전혀 생각이 미치지 못했었다.

운전사는 금방 커다란 자물쇠를 하나 사 가지고 왔다. 신사는 다시 네 놈은 쳐다보기도 싫다는 듯

면면히 끊어지지 않고 죽 잇달아
연민(憐憫) 불쌍하고 가련하게 여김

이 수남이를 전혀 상대 안 하고, 묵묵히 자전거 바퀴에다 자물쇠를 채우고, 앞에 빌딩을 가리키면서,

"나 저기 306호실에 있으니까 돈 오천 원 갖고 와. 그러면 열쇠 내줄 테니."

하고는 수남이를 힐끗 흘겨보고 유유히 빌딩 속으로 사라져 갔다.

수남이는 울지도 못하고 빌지도 못하고 그냥 막연히 서 있었다. 수남이와 신사의 시비를 흥미진진하게 구경하던 사람들도 헤어지지 않고 그냥 서 있었다. 아마 수남이가 앙앙 울거나, 펄펄 뛰면서 욕을 하거나 그런 일이 일어나 주기를 기다리는 눈치였다.

수남이는 바보가 돼 버린 아이처럼 조용히 멍청히 서 있었다. 누군가가 나직이 속삭였다. ☆ 수남이는 신사의 예상 밖의 행동에 무척 당황하고 있다. 당시의 오천 원은 지금 십만 원 정도에 해당하는 돈이며, 수남이에게는 감당할 수 없는 큰돈이다.

"토껴라 토껴. 그까짓 것 갖고 토껴라."

그것은 악마의 속삭임처럼 은밀하고 감미로웠다. 수남이의 가슴은 크게 뛰었다. 이번에는 좀 더 점잖고 어른스러운 소리가 나섰다.

"그래라, 그래. 그까짓 거 들고 도망가렴. 뒷일은 우리가 감당할게."

그러자 모든 구경꾼이 수남이의 편이 되어 와글와글 외쳐 댔다.

"도망가라, 어서어서 자전거를 번쩍 들고 도망가라, 도망가라."

수남이는 자기 편이

되어 준 이 많은 사람들을 도저히 배반할 수 없었
다. 이상한 용기가 솟았다. 수남이는 자전거를 마
치 검부러기처럼 가볍게 옆구리에 끼고 질풍같이 달렸다.

　정말이지 조금도 안 무거웠다. 타고 달릴 때보다 더 신나게 달렸다.
달리면서 마치 오래 참았던 오줌을 시원스레 내깔기는 듯한 쾌감까지
느꼈다.

　주인 영감님은 자전거를 옆에 끼고 질풍처럼 달려온 놈을 눈을 휘둥
그렇게 뜨고 바라볼 뿐이었다. 오늘 바람이 세더니만 필시 이 조그만
놈이 바람에 날아왔나, 설마 그럴 리야 없을 텐데 내 눈이 어떻게 된 것
인가 그런 눈치였다.

수남이는 너무 숨이 차서 이런 주인 영감님의 궁금증을 시원히 풀어 주지 못하고 한동안 헉헉대기만 한다.

"인마, 말을 해. 무슨 일이야? 네 놈 꼴이 영락없이 도둑놈 꼴이다, 인마."

도둑놈 꼴이라는 소리가 수남이의 가슴에 가시처럼 걸린다. 수남이는 겨우 숨을 가라앉히고 자초지종을 주인 영감님께 고해바친다. 다 듣고 난 주인 영감님은 무엇이 그리 좋은지 무릎을 치면서 통쾌해한다.

"잘했다, 잘했어. 맨날 촌놈인 줄만 알았더니 제법인데, 제법이야."

그러고는 가게에서 쓰는 드라이버니 펜치를 가지고 자전거에 채운 자물쇠를 분해하기 시작한다. 엎드려서 그 짓을 하고 있는 주인 영감님이 수남이의 눈에 흡사 도둑놈 두목 같아 보여 속으로 정이 떨어진다. 주인 영감님 얼굴이 누런 똥빛인 것조차 지금 깨달은 것 같아 속이 메스껍다.

☆ 돈만 중시하는, 물질중심적인 가치관을 가진
사람을 '누런 똥빛'으로 표현하고 있다.

마침내 자물쇠를 깨뜨렸나 보다. 영감님 얼굴에 회심의 미소가 떠오르더니 자유롭게 된 자전거 바퀴를 시험이라도 하려는 듯이 자전거로 골목을 한 바퀴 빙그르르 돌아 들어와서는,

"네 놈 오늘 운 텄다."

그러고는 수남이의 머리를 쓰다듬고 볼과 턱을 두둑한 손으로 귀여운 듯이 감쌌다. 영감님이 기분이 좋을 때면 수남이에 대한 애정의 표시로 으레 그렇게 했었고, 수남이도 그걸 좋아했었다.

그런데 오늘은 싫다. 영감님의 손이 싫다. 그것이 운 트기는커녕 재수 옴 붙었다는 생각이 여전하고, 수남이는 그 날 온종일 우울했다. 그

러나 자기가 왜 그렇게 우울한지 그걸 차분히 생각할 새도 없는 바쁜 하루였다.

가게 문을 닫고 주인댁에서 날라 온 저녁밥을 먹고 나면 비로소 수남이 혼자만의 시간이다. 꿀 같은 시간이었다. 책을 펴 놓고 영어 단어를 찾고, 수학 문제를 풀어 보고, 턱을 괴고 소년답게 감미로운 공상에 잠길 수 있는 그런 시간이었다.

그러나 오늘 수남이는 그게 되지를 않았다. 책을 집어던졌다.

낮에 내가 한 짓은 옳은 짓이었을까? 옳을 것도 없지만 나쁠 것은 또 뭔가. 자가용까지 있는 주제에 나 같은 아이에게 오천 원을 우려내려고 그렇게 간악하게 굴던 신사를 그 정도 골려 준 것이 뭐가 나쁜가? 그런데도 왜 무섭고 떨렸던가. 그 때의 내 꼴이 어땠으면, 주인 영감님까지 "네 놈 꼴이 꼭 도둑놈 꼴이다."라고 하였을까.

그럼 내가 한 짓은 도둑질이었단 말인가. 그럼 나는 도둑질을 하면서 그렇게 기쁨을 느꼈더란 말인가.

수남이는 몸을 부르르 떨면서 낮에 자전거를 갖고 달리면서 맛본 공포와 함께 그 까닭 모를 쾌감을 회상한다. 마치 참았던 오줌을 내깔길 때처럼 무거운 억압이 갑자기 풀리면서 전신이 날아갈 듯이 가벼워지는 그 상쾌한 해방감—한번 맛보면 도저히 잊혀질 것 같지 않은 그 짙은 쾌감, 아아 도둑질하면서도 나는 죄책감보다는 쾌감을 더 짙게 느꼈던 것이다.

혹시 내 피 속에 도둑놈의 피가 흐르고 있기 때문이 아닐까. 순간 수남이는 방바닥에서 송곳이라

회심(會心) 어떤 일이 바라던 대로 되어 마음이 흐뭇함

도 치솟은 듯이 후닥닥 일어서서 안절부절을 못 하고 좁은 방 안을 헤맸다.

수남이의 눈앞에는 수갑을 차고, 순경들에게 끌려와 도둑질 흉내를 그대로 내 보이던 형의 얼굴이 환히 떠오른다. 그리고 서울 가서 무슨 짓을 하든지 도둑질만은 하지 말라고 신신당부하던 아버지의 얼굴도 떠오른다.

수남이의 형 수길이는, 온 집안 식구가 기대를 걸고 고등학교까지 마쳐 준 보람도 없이 집에서 빈들대다가, 어느 날 갑자기 서울 가서 돈 벌고 성공해서 돌아오겠다는 말 한마디를 남기고 훌쩍 집을 나갔다.

편지 한 장, 하다못해 인편에 안부 한마디 없는 이 년이 지났다. 그 동안 아버지는 폭 노쇠하고, 어머니는 뼈만 남게 야위어서 수남이랑 동생들이랑을 들볶았다.

들볶는 푸념 속에서 무정한 장남에 대한 원망과 함께 그래도 행여나 하는 기대가 곁들여 있는 것을 수남이는 느낄 수 있었다.

수남이도 뭔가 형에 대한 기대를 안 할 수가 없었다. 동생들이 발바닥이 다 닳아 없어져 웃더껑이만 남은 운동화를 신고 다니는 걸 봐도 "조금만 참아, 큰형이 돈 많이 벌어 가지고 오면 운동화랑 잠바랑 다 사 줄게." 하는 말을 할 지경이었다.

형이 돈을 많이 벌어 오면—이런 기대에 온 집안 식구가 하루하루를 매달려 살았다. 어느 날 밤, 형은 돌아왔다. 옷과 운동화와 과자와 고기를 한 짐이나 되게 사 가지고. 형이 정말 돈을 벌어서 별의별 것을 다 사 가지고 온 것이었다. 아버지는 밤중이지만 동네 사람을 모아 큰

잔치를 벌이지 못해 안달을 했다. 형이 험악한 얼굴을 하고 안 된다고 했다.

잔치는커녕 동생들이 좋아서 떠드는 것도 못 하게 윽박질렀다.

빈들대다 부끄러운 줄 모르고 게으름을 피우며 뻔뻔스럽게 놀기만 하다.
인편(人便) 오거나 가는 사람의 편
웃더껑이 물건의 위에 덮어 놓는 물건을 이르는 말
양품점(洋品店) 서양식 의복이나 부속품. 장신구 등을 파는 가게

수남이는 지금도 그 날 밤 일이 생생하다. 그 날 밤 형의 누런 똥빛 얼굴은 정말로 못 잊겠다. 꼭 악몽 같다.

다음 날 형은 읍내에서 온 순경한테 수갑이 채워져 붙들려 갔다. 형은 악을 써서 변명을 하며 갔다.

"이 년 만에 빈손으로 집에 들어갈 수는 없었단 말야. 도저히 그럴 수는 없었단 말야."

그래서 읍내 양품점을 털어 돈과 물건을 훔친 것이다. 다음에 수남이가 형을 본 것은 읍내에 현장 검증인가를 나왔을 때다. 도둑질한 것을 다시 한 번 되풀이해 보여 주는 것인데, 딴 구경꾼들 틈에 섞여 수남이는 몸서리를 치면서 그것을 봤다. 그 도둑놈과 형제간이란 게 두고두고 생각해도 몸서리가 쳐졌다.

아버지는 홧병으로 몸져눕고 집안 형편은 말이 아니었다. 수남이는 드디어 어느 날 형이 그랬던 것처럼 서울 가서 돈

벌어 오겠다고 집을 나섰다. 아버지는 말리지 않았다. 문지방을 짚고 일어나 앉아서 띄엄띄엄 수남이를 타일렀다.

"무슨 짓을 하든지 그저 도둑질을 하지 말아라, 알았쟈."

그런데 도둑질을 하고 만 것이다. 하지만 수남이는 스스로 그것은 결코 도둑질이 아니었다고 변명을 한다.

☆ 수남이는 나쁜 짓을 하며 가책을 느끼기보다 오히려 기분이 좋았던 자신을 돌아보고, 자기가 부도덕한 사람이 되어 가고 있을지도 모른다는 불안을 느끼고 있다.

그런데 왜 그 때, 그렇게 떨리고 무서우면서도 짜릿하니 기분이 좋았던 것인가? 문제는 그 때의 그 쾌감이었다. 자기 내부에 도사린 부도덕성이었다. 오늘 한 짓이 도둑질이 아닐지 모르지만 앞으로 도둑질을 할지도 모르겠다는 생각이 들었다. 형의 일이 자기와 정녕 무관한 일이 아니란 생각이 들었다.

소년은 아버지가 그리웠다. 도덕적으로 자기를 견제해 줄 어른이 그리웠다. 주인 영감님은 자기가 한 짓을 나무라기는커녕 손해 안 난 것만 좋아서 "오늘 운 텄다."고 좋아하지 않았던가.

수남이는 짐을 꾸렸다. 아아, 내일도 바람이 불었으면. 바람이 물결치는 보리밭을 보았으면.

마침내 결심을 굳힌 수남이의 얼굴은 누런 똥빛이 말끔히 가시고, 소년다운 청순함으로 빛났다.

짧은 글 짓기를 해 보아요

1 들까불다

2 고깝다

3 푼돈

4 알싸하다

5 연민

이해력을 길러요

1 수남이의 겉모습을 묘사한 부분을 찾아 보고, 거기서 드러나는 수남이의 성격은 어떠한지 생각해 봅시다.

수남이의 겉모습	
수남이의 성격	

2 수남이는 자전거 사건이 있은 후 주인 영감님에 대한 생각이 바뀝니다. 그것은 주인 영감님의 어떤 점 때문이었나요?

3 수남이가 고향으로 돌아갈 결심을 한 이유는 무엇인가요?

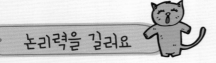

사고력을 길러요

1 이 소설에서 정신적인 가치를 중요시 여기는 사람과 물질적인 가치를 중요시 여기는 대표적인 인물을 각각 찾아 써 보세요.

정신적인 가치를 중요시 여기는 사람 : 수남이,

물질적인 가치를 중요시 여기는 사람 : 수남이의 형,

2 수남이가 자전거를 들고 뛰어온 자신의 행동을 부도덕하다고 느낀 이유는 무엇인가요?

논리력을 길러요

1 과연 수남이는 자전거 도둑일까요, 그렇지 않을까요? 자신의 의견을 밝혀 보세요.

2 여러분은 이 소설 속의 수남이처럼 가치관의 갈등을 경험해 본 적이 있나요? 여러분은 그 고민을 어떻게 해결했나요? 자신의 경험과 깨달음을 담은 글을 써 봅시다.

다음 날부터 좀 더 늦게 개울가로 나왔다. 소녀의 그림자가 뵈지 않았
다. 다행이었다. 그러나 이상한 일이었다. 소녀의 그림자가 뵈지 않는
날이 계속될수록 소년의 가슴 한구석에는 어딘가 허전함이 자리 잡는
것이었다. 주머니 속 조약돌을 주무르는 버릇이 생겼다.

〈소나기〉

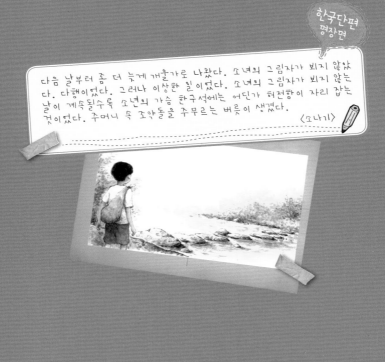